纸上情怀

书之爱

陈艳敏 著

山东文艺出版社

目录

第一辑
不灭的灯火

书单串起的文化情怀
　　——读俞晓群《那一张旧书单》 ················· 5

藏书之乐
　　——读谢其章《玲珑文抄》 ····················· 9

欢喜，就是一种滋养
　　——读张春田、张耀宗编《文房漫录》 ········· 13

读书是自己的事
　　——读胡适等《怎样读书》 ····················· 19

深入咀嚼，欢喜玩味
　　——读陈平原《读书是件好玩的事》 ··········· 24

我辈本是蓬蒿人

  ——读陈建功《建功散文精选》 …………… 33

烟雨嘉兴，我来晴好

  ——读范笑我《我来晴好》 ………………… 40

草木有声，文章有色

  ——读沈胜衣《笔记》 ……………………… 44

切入董桥

  ——读董桥《景泰蓝之夜》 ………………… 49

附庸风雅读董桥

  ——读董桥《英华沉浮录》 ………………… 53

文字之美，色彩之美，人之美

  ——读孙郁《文人的胡同》 ………………… 57

沉思面对，聆听内心的声音

  ——读林贤治《文学与自由》 ……………… 62

芒鞋破钵无人识

  ——读苏曼殊《苏曼殊诗集》 ……………… 70

抑郁蹰躇，踯躅徘徊

  ——读王国维《一生最爱人间词：为伊消得人憔悴》 … 74

五千年文明五千里路

  ——读比尔·波特《黄河之旅》 …………… 77

三晋风物，千古传承

  ——读晋旅主编《山西故事》 ……………… 85

沿着文学的足迹
　　——读王充闾《域外集》 ………………… 89

文学，永恒的存在
　　——读张炜《回眸三叶》 ………………… 92

文学，人类永久的召唤
　　——读舒晋瑜《说吧，从头说起》 ………………… 97

与诗歌同行
　　——读陈平原《大学小言》 ………………… 102

第二辑
生活的况味

古来圣贤皆寂寞，唯有饮者留其名
　　——读陈子善、蔡翔主编《醉》 ………………… 111

吞云吐雾，一段人生
　　——读陈子善、蔡翔主编《烟》 ………………… 114

名人逸事家常菜
　　——读周芬娜《品味传奇Ⅱ》 ………………… 119

依了自己心的倾向
　　——读周作人《故乡的野菜》 ………………… 122

飘在天上，回到人间
　　——读张苹《藏漂十年》 ………………… 126

好山好水话新疆
　　——读唐月卫《梦里新疆不是客》 …………… 130

北京，我永久的家
　　——读邹仲之编《抚摸北京》 ………………… 133

找到最适合自己生长的土壤
　　——读薛毅《上海读本》 ……………………… 140

跟随自我的秉性
　　——读周国平《偶尔远行》 …………………… 142

日本，短暂的停留
　　——读张燕淳《日本四季》 …………………… 147

园，人类的精神依傍
　　——读陈子善、蔡翔主编《园》 ……………… 150

面朝大海，春暖花开
　　——读陈子善、蔡翔主编《海》 ……………… 155

安住，并徜徉
　　——读陈子善、蔡翔主编《行》 ……………… 159

来这里，邂逅一场花事
　　——读沈胜衣《行旅花木》 …………………… 163

老张老刘老李，小丁小冯小蒋
　　——读杨葵《百家姓》 ………………………… 167

对文化的召唤，对土地的深情
　　——读贾平凹《定西笔记》 …………………… 171

第三辑
那一缕书香

读书去吧
　　——天雨时光读书会有感 ………… 179
春暖花开,我会再来
　　——天雨时光读书会第二期 ………… 182
若不挣脱,何以飞翔
　　——天雨时光读书会第三期 ………… 185
相约彼岸,春暖花开 ………… 188
12时间书房 ………… 192
闲读书与读闲书 ………… 195
阅读的契机 ………… 200
在文字里相遇 ………… 206
书房 ………… 212
如何才能不"隔膜"? ………… 218
文学的方式 ………… 224

第一辑

不灭的灯火

热爱,就是一种护持;欢喜,就是一种滋养。

书单串起的文化情怀
——读俞晓群《那一张旧书单》

传统出版行业在互联网和数字经济的挤压下,也许真的陷入生存危机了。像万圣书园的刘老板向"幸灾乐祸、喜形于色"的网络销售老板调侃"你们不用笑,我会死在你们后面"时,本书作者、海豚出版社社长俞晓群说的,"调侃归调侃,经常把'死'挂在嘴上,毕竟不是什么好兆头"。这种忧虑和危机感,一直存在于俞晓群的头脑中,但俞先生不是一个消极的旁观者,他始终怀着执着的热情为人类文化的存续与发展做着力所能及的贡献。《那一张旧书单》展示的正是一个出版人的文化情结与文化情怀。

光绪皇帝的书单,南洋公学译书院的书单,严复的书单,张元济的书单，王云五的书单，胡适的书单，陈独秀的书单，梁启超的书单，刘炳善的书单，林道群的书单，"美国文库"的书单，"史学万象"的书单……那些书单，寄托了作者的感情。他说："一个出版人，一辈子走下来，何处最伤感？何处最留情？当然是书单了。它把你一生的心血都串联起来，甜酸苦辣，喜怒哀乐，成败胜负……都在其中了。我甚至想到，一个出版人，他真正老去的时候，也就是他开不动书单的时候，也就是他没有力气再请人开书单的时候，也就是他没有力气再阅读书单的时候！"从那些林林总总的书单中，他努力地梳理和找寻出版的线索，让人类的优秀文化得以传承、发扬和留存，这难道不是一件让人敬仰的事吗？当我们捧起书本，接受着文明的惠泽，当我们的视野日益宽广，当我们的心灵日益丰满和充盈，我们难道不应该感谢俞晓群，以及像俞晓群那样依然为文化的传承做着不懈努力的千千万万的出版人吗？

他感佩于上海世纪出版集团老总陈昕没有跟风冒进，没有忘记文化，没有忘记出版的根本，对其重文化价值、反对商业媚俗的理念欣赏有加；他思索商业社会的文化出版，思索出版人和书商，思索出版繁荣对于社会变革和社会进步的贡献；他认为"文化韵味"和"古都北京"的存在正是因为有了中国书店，有了蔡元培、鲁迅、胡适、周作人、梁思成，以及在这座古老的城里的文化人之逸闻趣事；他从DK出版公司的经验中受到"震动",并敏感于其中闲散的人文气息,"文编、美编、总编的办公室,都杂乱得让人感到充实","我粗略统计,戴维斯先生书中的高频词,排在第一位的是喝酒,第二位是吃饭,第三位才是书稿"。

在读书日,他思索阅读的危机,想到"写作是个人的事情,阅读是个人的事情,自由的、个性化的小众文化的兴起,才是阅读的正路,才是一种真正的社会进步。近些年,'读书日'最大的亮点,是一个个民间读书会的兴起。在图书馆,在书城,在独立书店,在咖啡厅,在个人的家中,甚至在悠然的绿野上、和煦的春风中,我们的自主阅读之风日渐兴起,这才是人类文明进步的希望所在"。俞先生说得对,这些场景,是多么迷人和富有诗意!

谈及阅读,他说:"阅读的变革是一种必然趋势,它可能是一场文化的欢歌,也可能是一场灾难。但是,即使它的发展具有种种不可确定性,即使它会产生反道德、反社会、反文化,甚至反人类等副作用,我们依然无法抑制它滚滚而来的洪流。怎么办?此刻,我们这些阅读者,乃至阅读制造者,都有些惴惴不安,手足无措。乐观、悲观、怀旧、反抗、抵触、追随、迎合、鼓动、躁动……我选择思考。"

他说:"前四十年,中国现代出版中心在上海。后来,通过行政手段或其他原因,商务印书馆、中华书局等著名老店纷纷北迁。时至今日,全国五百多家出版社,有半数在北京;

有统计说，全国一万多家民营公司，也有半数在北京。如此文化格局的形成，我们且不论其背景和成因，有效的利用，总是一座城市的大好事。"从辽宁来到北京，在这座拥有文化优势的古城里，俞晓群正在埋头求索。当下，他正沉浸在"民国童书"这块文化新大陆被发现的兴奋之中，这个新发现，令他产生了"阿里巴巴式"的冲动……读到这里，我不禁想起俞晓群先生写过的"可爱的文化人"系列，他本人又何尝不是其中之一呢？

而更让我开心的是，手里的这本《那一张旧书单》，是俞老师的签名本，我会珍藏。（《那一张旧书单》，俞晓群，浙江大学出版社，2014年1月第1版第1次）

2014年8月26日早，北京匆匆

藏书之乐
——读谢其章《玲珑文抄》

这个世界上什么样的人都有，有些人偏会迷恋那一份在故纸堆里翻找的乐趣，谢其章就是其中一个。他在《玲珑文抄》一书里向读者讲述了他的民国杂志收藏以及与之相关的人和事。

在书的第三十四页他说："我喜欢唐文标那样的'资料派'兼而发点议论。"这本书通篇正是"'资料派'兼而发点议论"的风格。作者试图在故纸堆里考证历史，考证文坛艺坛旧事，考证"南玲北梅"是否确有其事，考证梅兰芳从香港回北京到底坐的是船还是飞机，考证首次面世的鲁迅母亲和夫人朱安的照片拍摄者是《世界日报》或《北京晨报》的记者还是另有其人……在遍查资料的基础上，加入主观猜想和个人判断，费尽周折之后或获得意外答案，或仍然迷惑不已，却也不失可读性。

这些故纸的记载，从一个个侧面再现了那个远去的时代和那些远去的往事。

为搞清楚"南玲北梅"的真相，在张泉先生"将北京的几十种刊物从头到尾逐页翻过"的基础上，他"将上海沦陷时期所出几十种刊物来个'逐页翻过'，费时三月，灰头土脸"，"一只蚊子也休想漏过去"，由此他基本认定，原本没有"南玲北梅"这回事。当读到他说"'南玲北梅'之说以讹传讹，钱理群主编的《中国现代文学三十年》竟也将'南玲北梅'这种坊间传说写进书里"时，我禁不住又想：为什么不去当面问一下钱老师呢？多听听别人的判断，取证一下反方意见的来源，兴许又会引出新的线索呢。

然而看得出，他与止庵等相对就熟悉亲热得多，文中多次提到并多有认同。

他在那些故纸堆里有所发现，认为《亦报》之所以鹤立于小报界，全是仰仗上面有周作人的《饭后随笔》、张爱玲的《十八春》《小艾》；曾经合八期为一期的《朔风》杂志是"期刊史最牛之合刊"；胡兰成的《苦竹》、周瘦鹃的《紫兰花片》全是办刊者一人所写；而从《电影杂志》里，他则看到彼时的流行风潮和一代一代人的审美取向。这些旧杂志的历史就是那一代作家学人的著述史，周作人、张爱玲、胡适、沈启无、鲁迅、柳雨生，太多的作家、编辑定格在这些或已泛黄或已缺页的旧期刊里，而他们，在那个时代曾经活跃至极。

原来谢其章还是一位张迷,一位"最高级别的张迷"。张爱玲是他所崇拜的作家,他说"张爱玲是优雅的,洋派的优雅,优雅跟才华一样也是与生俱来的"。书里记述了不少与张爱玲相关的内容,从她的作品到她的脾性、她的生活,到与她相关的人和事,都有涉及。里面写到胡兰成,写到佘爱珍,写到苏青,正好我刚刚读完胡兰成的《今生今世》,所以倍感熟悉。和我看到的那个不缺女人但也并无深情的胡兰成不同,他说:"我一直认为胡兰成绝非寻常之辈,他在不同阶段选择不同女人的本事,不能全都归诸'风流成性'吧。"

在书中他还表达或引用了一些观点,比如谈及张光宇主编的《独立漫画》时,他说:"漫画刊物里的文字,是衡量一本漫刊水准的标尺,文字刊物可以一幅画都没有,图画刊物没有好的文字可不成。"谈及《鲁迅全集》的装帧,他引用张光宇《谈谈书籍装帧》里的话,"以上这些精装书,大多数是犯了'三烫'或'二烫'的毛病,三烫就是烫两种颜色之外还要烫一套暗花。二烫就是烫两色或烫一明一暗的花。这些方法,并不是绝对不可以用,不过上面所举的例子,正是一本也不应该这么做,这样做给人一种浮夸之感。《鲁迅全集》也是如此。鲁迅先生的书,越装越精致,也是不宜的,越是穿上绸缎绫罗,越是弄得金碧辉煌,就离开鲁迅先生的精神越远"。听上去都有新意或能使人得到启发。

他主张通过图片看历史,谈及《联合画报》时他说:"我们不是喜欢回顾历史么，那就翻翻那些老画报，老画报的图片较少撒谎。中国尚无《中国之画报史》，我再次吁请好赖有人写一本。"对于《电影月报》等旧杂志在设计方面的认真和下功夫，他欣赏有加，"《电影月报》非常棒，共出版十二期，每期的封面都是请名画家作画，每期的刊名也是请名人来写，而非只图省事用明星照相来糊弄读者。像《有声电影专号》，刊名是请胡适写的，封面是丁悚画的。现在的影刊太图省事了，封面上一点看不出美术的元素"。

在考证或求索的过程中，他无意间还向读者传递了一些图书杂志相关的知识，比如"上图馆不仅是北京馆的两倍半，重庆馆的四倍，南京馆的三倍，而且它的馆藏总量约占整个近现代时期出版期刊总量的百分之七十五"等等。

在杂志收藏方面他是一位发烧友，原本已经有了一套花二十年集齐的三十七期《杂志》，然而为了几本缺页的，竟跟人竞拍到五千块。"这次碰到拍卖汤恩烈的这一套，左思右想，最终决定'余生所剩无几，不能再憋屈自己'。"而另一套则以七千块拍得。人无癖不可与交，热爱原本无价，是否值得，能拿实际的价值去衡量吗？

就像《玲珑文抄》的书名，竟是他于玲珑园散步时偶然所得，脑子里一闪，"就它了"，由此也见出考证之外文人的一份随性。

（《玲珑文抄》，谢其章，山东画报出版社，2012年10月第1版第1次）

2014年2月24日，北京

欢喜,就是一种滋养
—— 读张春田、张耀宗编《文房漫录》

编者张耀宗在《文房漫录》小引中说:"文人所做的最好玩的事往往是'无益之事'。'无益之事'很多,养花逗鸟、把酒雅集、琴棋书画等等都是。"黄裳在《买墨小记》中说:"细想起来,一个人除了吃饭、睡觉、工作之外,总得还有点好玩的事做做才会觉得生活有滋味。而人类的文化生活就是大半因此而积累形成的。"拥有一两项"无益"的癖好,在欢喜热爱中消磨时间,虽有玩物丧志之嫌,却也利于身心健康。人生,原本可以有无数种态度。如书中引用周国平的话:"人活在世上,主旨应是享受生活乐趣,从这意义上理解'玩物',则'玩物'也可养志,且养的人生之大志。因它而削弱、冲淡

（不必丧失）其余一切较小的志向，例如权力、金钱、名声方面的野心，正体现了很高的人生觉悟。'玩物'可能会成癖，不过那也没有什么不好。"

"人无癖不可与交，以其无深情也；人无痴不可与交，以其无真气也。"癖好之中的那一份专注与沉迷虽有可能源自天性，但却是难能可贵的。寄托于物中的那一份深情和真气，很可能会延展到生活中待人接物的方方面面。看着《文房漫录》中文人雅士挥洒无限的时间和热情钟情于自己的文玩收藏，内心始终怀有一种喜悦，能够想象沉浸于自己热爱的事物中，是多么幸福、多么幸运的一件事。热爱，就是一种护持；欢喜，就是一种滋养。在雅好赏玩之中，自在悠闲地度过一生，难道不是一件美好的事吗？

从笔墨纸砚到金石古董，到邮票玩具，书中的每一位收藏者都向我们讲述了附着于物上的知识和故事，抒发了文人特有的精神和性情。周珏良借助《墨谱》《墨经》《墨录》《墨志》讲解藏墨的学问，说明徽墨、休宁墨、婺源墨的品性特点；赵珩通过"六德""三贱"的讲述，教人从色泽质地等方方面面鉴别玉石的好坏；张中行玩砚也很有经验，认为好的砚台一是砚质好，二是形式好，三是年代久的好，四是名人手泽的好，但同时也主张不贪大名，不贪华贵，"名大而真的稀如星凤，反而不如名小而真，价不过高，玩玩也颇有意思"，"要以石质好、合用为第一，其次才是时不太近，款不假"。

而王世襄的《秋虫六忆》却将小小的蛐蛐写得如此讲究,如此详尽,从捉虫到买虫、养虫、斗虫,到因虫会友,事无巨细,复杂烦琐,但又充满了乐趣。他说:"逮蛐蛐非常劳累,但一年去不了两三趟,有事还可以不去。养蛐蛐可不行,每天必须喂它,照管它,缺一天也不行。今天如此,明天如此,天天如此,如果不是真正的爱好者,早就烦了。朋友来看我,正赶上我喂蛐蛐,放不下手,只好边喂边和他交谈。等不到我喂完,他告辞了。倒不是恼我失陪,而是看我一罐一罐地喂下去,看腻了。"天长日久,对于这小虫他也有了几分了解,"蛐蛐这小虫子真可以拿它当人看待。天下地上,人和蛐蛐,都是众生,喜怒哀乐,妒恨悲伤,七情六欲,无一不有。只要细心去观察体会,就会看到它像人似的表现出来"。听到蛐蛐低唱悠婉而弥长的求爱之曲,"唧唧……油,唧唧……油",他说"真好像是在三复'关关雎鸠,在河之洲'"。我想起前年在首都博物馆看过一个北京四合院展,其中与蛐蛐有关的大大小小的器具已是让我非常开眼,而王世襄老先生在《秋虫六忆》中展示的斗虫请帖、战况表格更是让我长了见识,原来斗个小虫也可以整得这么隆重,请神、对局、过秤、记账、监局,每个环节都要认真对待,这种玩的态度着实让人肃然起敬。

而文人,在他们作为癖好的物品中,亦自有一份特殊的感悟。吴兴文引用沈从文《关于西南漆器及其他》中的话,"不仅对制作过程充满兴味,对制作者一颗心,如何融会于作品中,他的勤劳、愿望、热情,以及一点切于实际的打算,全收入我的心胸。一切美术品都包含了那个作者生活挣扎形式,以及心智的尺衡,我理解的也就深而细"。陈鹏举在羊毫、兔毫、狼毫等自然的毫中,感受到"原先是有枯荣的,所以就有生命的内力,做成笔了,这力还在。这力,会感应你的忧愤、悲伤和痛快"。他从文人对于玉和石、金与木、陶和瓷的选择上探讨文人的独特喜好和精神追求。文人爱石:"文人遇见了玉,觉得玉浅显了自己的梦想,玉让心中的完美梦想变得似乎很现实,这种似乎的现实让人索然无味。哪像石,那么纯真朴实,怎么看也不到火候,有许多不足可以议论,有许多美意可以生长。这就有意思有感觉了。""石可以观赏到什么呢?应该是它的不成方圆,没有站相和坐相,这和文人的内心很像。"文人爱木:"木器的构想拥有自由和灵性,可以成全一种委托生命想象的大美。"文人爱陶:"偏爱陶器不是钱的问题","陶器和石和木一样,总是那么高古,那么粗拙,那么不修边幅,那么灵性和自在。""陶器是瓷器的少年时代。少年永远让人感奋。文人喜欢陶器,因为文人最难忘少年时代,文人最羡慕不失天真的艺术、文字,自然还有流淌着先人天真气息,至今竟然还可能面对的器物。""文人也祈求美好,可文人的美好是在心里的,枕石陶醉已经足够,拳石枯木已经忘情。至于这石这木这陶,值多少钱是无关于心的。"

对于收藏,人们的目的和态度各不相同,有人看重的是经济价值，有人看重的是自怡玩赏，文人收藏大多属于后者。周作人谈及古董："大抵玩古董的人，有两种特别注重之点，一是古旧，二是稀奇。这不是正当的态度，因为他所注重的是古董本身以外的事情，正如注意于恋人的门第产业而忘却人物的本体一样。所以真是玩古董的人是爱那古董本身，那不值钱，没有用，极平凡的东西。收藏家与考订家以外还有一种赏鉴家的态度，超越功利问题，只凭了趣味的判断，寻求享乐，这才是我所说的古董家，其所以与艺术家不同者，只在没有那样浓厚的知识罢了。"他说，"仙人掌似的外粗糙而内腴润的生活是我们唯一的路，即使近于现在为世诟病的隐逸"。汉宝德在《墨器之美》一文中说自己的收藏逻辑是："收你真正喜欢的东西，不要听别人的吹嘘，也别看市场价值。跟着你的感觉走，你未必喜欢我所喜欢的，却可找到你自己的最爱，所谓'情人眼里出西施'吧！"董桥提到自己收藏的笔筒："相对十年，摩挲十年，我欣悦不渝，深爱不渝：是真是仿留待权威专家自己说自己的话自己过瘾！"

收藏的乐趣还在于以物会友。赵珩说："文房小物不仅有其实用价值，也是当时文人交际会友相互馈赠的文玩。"翁偶虹从赠烟壶之事引发深思，"一位艺术家是如何地癖好艺术品；而一个小小的艺术品，又是如何地能够起到艺术交流的作用"。人都有交流的需要，与同好互赠分享，更能获得天然的快乐。文人案头这一个个并不起眼的小物件，给他们的人生

增添了多少的欢喜呀! (《文房漫录》,张春田、张耀宗编,三联书店,2013年2月第1版第1次)

2014年2月3日晚,泉城家中

读书是自己的事
——读胡适等《怎样读书》

怎样读书？我还真没思考过这个问题，因为读书就像吃饭和呼吸一样自然，似乎用不着刻意去想。然而翻开这本《怎样读书》，看看别人是怎么说的，给自己提供一个参考的视角，似乎也不无裨益。

比如很多人说到，要用怀疑的态度读书，读书不能尽信书。孟子说："尽信书不如无书。"张载说："读书先要会疑。"孙中山说："能用古人而不为古人所惑，能役古人而不为古人所役。"讲的都是这个道理，强调的都是不要被知识和别人的思想所束缚，而是要在书香的浸润中培养出自己的思想和见识，有自己的独立见解和体系。读书尽信书的结果，可能就是变成一个书呆子。因此陈钟凡说，不要模仿前代，只可以读古人的名著，培养自己的感情；章衣萍说，真理是有时代性的，人生是变迁无穷的，一切古今人的书籍都是参考品、顾问官，我们要敢于疑古，也要敢于疑今，独立思想，不掉"书袋"。曹聚仁三十年的读书经验用三个关键词概括，就是怀疑、背叛和组织自我的思想系统。他说："我有点佩服德国大哲人康德，他能那样地看了一种书，接受了一个人的见解，又立刻能把那人那书的思想排逐了出去。永远不把别人的思想砖头在自己的周围砌起墙头来。那样博学，又能那样构成自己的哲学体系，真是难能可贵的！"张素民现身说法，称自己的思想大都是由读书的启发和暗示得来的，读书是他思想的主要来源。人类的创造是独一无二的，思想的创造亦是如此，没有一个人的思想体系和另一个人是完全一致的，没有一个人的头脑可以抄袭另一个人的头脑。于日复一日的读书学习当中，我们是变得更加犹豫不决，还是异常执着笃定？是更加顽固教条，还是懂得随机变通？我想这很重要。

比如有些人看到现行的教育制度是读书的障碍。林语堂反对用考试分数"称斤论两""公平交易"地去考量读书；章衣萍主张脱开现行教育制度，"普遍自由"地读书……诺奖获得者、作家莫言先生在"两会"期间有一个引人注目的提案，呼吁取消小升初和中考，让学生自由、非功利地读书，汲取知识和养料。此提案一出，在群众中引起积极反响，大家纷纷在网络、微信朋友圈中转发、点赞——当前中国的应试教育，使学生的学习和阅读都不得不围绕考试转，挤压了学生按照自己兴趣去选择的空间，因此也使他们丧失了很多读书、学习和自由探索的乐趣。这个提案，说到了很多人的心坎里，代表了很多人的心声，就是不知道未来会不会被有关部门采纳。

另有一些人从不同角度给出了许多读书的建议。胡适认为"读一书而已，则不足以知一书"，他主张读书又精又博，如金字塔般又大、又高、又尖；蔡元培强调多动笔，才能有所建树；王云五说最好的读书是从兴趣入手；林语堂也认为读书本为至乐之事，最理想的读书是懂得读书之乐；朱光潜提醒读者读有价值的书，"你读一本没有价值的书，便丧失可读一本有价值的书的时间和精神"，告诫人们许多流行的新书只是迎合一时的社会心理，实在毫无价值，经过时代淘汰而巍然独存的书才有永久性，与其读千卷万卷的诗集，不如读一部《国风》或《古诗十九首》，与其读千卷万卷谈希腊哲学的书籍，不如读一部柏拉图的《理想国》；马寅初的经验是将一切闲暇利用起来，包括舟车之上，不失时机地读书；傅东华的经验是书不仅要读得多，还要读得快，不必一字不落地读完，选择自己有用的章节摄取即可；还有很多人，如胡适、章衣萍、林语堂等提到，光读中国书是不够的，要想增加智识、修养，在一个更广阔的天地里领略书籍的精妙，还要懂至少一种外文。我的感觉和孙福熙先生很接近，他说读书与散步、踢球、看电影、游山玩水并不冲突，在他看来，一个法国人走进图书馆去，简直和走进戏院电影场去是一样的性质。

对于自己的读书，我很少总结，基本没有想过为什么读书、怎样读书一类的问题，那仿佛只是满足自身本能的一种需要、使自己身心愉悦的一种方式。因此我的读书没有目的，没有目标，不分时间、地点、场合，包里随时揣着一本书——当然是自己喜欢、合自己口味的书，出差的舟车航班之上，旅行的途中，等孩子放学的间歇，麦当劳小憩的一刻，都是我读书的好时光。阅读的时刻忘记了周边，忘记了自我，幸福地陶醉在书香的世界里，真切地感受到彼时自己的丰盈和自在。至于读书给我带来了什么，也很难说得清楚，因为读书于我，全然是"无用"之事。早有人说过，"以无用之事，遣有涯之生"。若说读书仅是无聊之时的一种消遣，似乎也有些牵强，因为我读书的时候，多半不是无聊之时，而是欢喜在心，兴味盎然。光读还不算，读过之后还有记心得体会的习惯，如我在拙著"书文化"系列丛书——四本读书随笔集的后记里所说：读书写字，是我生活的常态。既然是常态，大概也就真没有说道的必要了。

读书如交友，友有好坏之分，所以几乎人人都提到了读书要有选择。如今各种书籍浩繁已极，怎么选？读什么？陈钟凡打破经史子集的分法和杜威的"十分法"，将中国古籍分为史学、哲学思想和文学三类，认为中国史书大都是帝王家谱，"一点用处都没有"，从三皇五帝到《史记》，再到后来的传书都不靠谱，五经也要加以审查，"只有算书——例如《周书》——还靠得住，其他都是假的"。哲学思想论著《论语》《韩非子》《论衡》可圈可点，《诗经》则是中国最大的文学宝库，汉乐府是贵族文学，"毫无价值"，直至后来的曹家父子、王粲、陶渊明、李白、杜甫、柳宗元，都显现了各自不同的成就。

  人的年龄、经历、喜好、所处的环境和时代不同，读书的观点自然不尽相同。比如有人反对漫无边际地滥读书，认为如此读书不成体系，难有收获；但也有人恰恰体会到滥读书的好处并因此受益，比如王云五，"我以前不敢做文章，但滥读书后，写出来就是文章"。有人告诉你要读这本书，不要读那本书，有人则告诉你不要读那本书，要读这本书。听来听去，会有眩晕之感。归根结底，读书是自己的事，读什么书还得自己选，如何读还得自己定，别人的说法只能作为参考和借鉴，不可取代你自己的想法和主意。（《怎样读书》，胡适等，三联书店，2012年10月第1版，2015年8月第8次）

2016年3月8日，北京家中

深入咀嚼，欢喜玩味
——读陈平原《读书是件好玩的事》

原本以为陈平原教授将这本书命名为"读书是件好玩的事"也是出版社的意思——现在很多出版社为了让书有好的销路，会想方设法取一些迎合读者喜好的轻松名字。前不久我自己就四本随笔的出版与出版社沟通书名时，两个出版社都提出来，轻松的书名才受当下市场的欢迎，"太雅了不好卖"。而当在书中读到《读书是件好玩的事》原是陈平原先生在北京大学图书馆的一篇演讲稿时，方明白我误会了。他以"好玩"命名，不是要哗众取宠，而是强调读书的趣味和无功利性，其中寄托了读书人对书籍的热爱。

关于书名，顺便多说两句。对于书名的追随潮流、迎合大众,过去我是很不齿的,认为这么做很没品位。如今,涉及具体的合作,从出版社的角度换位思考,想法也略有转变,在不伤大雅的前提下,细节方面也不无妥协。在新闻行业水深火热的严峻处境中摸爬滚打,我也是深知新闻出版行业当前市场主导下的困境与不易的。如陈平原所说:"在书业的生存竞争中,往往是'优败劣胜',出版环境不正常时尤其如此。"当今的大众表现出一致的浮躁是不争的事实,那么迎合大众的结果到底会是什么样子?全是负面的影响吗?从积极的角度思考,或许也未必。好的作品,首先要抵达受众,才可能对受众产生影响,如果一个轻松"浮躁"却无伤大雅、为大众接受的书名能够成为将作品引向大众的契机,无奈之下的妥协难道不也是一件好事吗?就像陈平原先生在评论当今书籍装帧的豪华倾向时说:"没有一大批半懂不懂的受众的追随与消费,任何文学艺术都不可能发展壮大。"文化出版业要影响大众、提升大众的品位,首先要抵达大众,然后才谈得上一点点地去影响,在这个过程中,出版社和作者或许都难免有些无奈的让步之举。当然,这个"让步"要有原则和底线,千万不可"连蒙带骗",只为赚取财务报表上好看的数字,如陈先生所说,书籍落到不读书的人手里,也不是什么好事。

还是回到读书的乐趣。对于真正的读书人来说,读书毕竟是件好玩而又上瘾的事,如陆游诗云:"人生百病有已时,独有书癖不能医。"陈平原先生说:"读书很快乐,但读书也很艰难,凡只说一面的,都是骗人。"我想也不尽然,就如我在旁边标注的"又不是做学问,有何艰难",也是真实体会。人们读书的动机或目的大概有很多种,有修身养性者,有消磨时间、"做无用之事,以遣有涯之生"者,有做专门学问者等等,对于前两者,读书大概都自由、随性,除了取悦自己,想不出还有"艰难"之说。后者当然就另当别论了,学问要做到炉火纯青,如陈平原先生所说,恐怕非单纯的"快乐"所能成就。学者读书不但要广泛涉猎,兼收并蓄,还要悉心钻研,努力思考,在众多的线索和脉络中理出自己的头绪,形成独特、深刻的理论或全新的见解,这个过程想必不全是快乐,还有艰难的一面,可谓甘苦自知。即便如此,在陈先生的内心,也还是向往纯粹自由的读书之乐吧?因为他也承认,只有自己凭兴趣选择阅读的对象、方式、时间和地点,才能真正体现读书的魅力。最有趣的还是那些有较高文化修养但又非专家的读书人的阅读感觉,正是这些人,代表了一个时代的思想文化倾向。

如何在"专业化"与"业余性"之间保持必要的张力?陈先生在书中作了探讨,提出面对如此困境的三种选择:第一种,"两耳不闻窗外事,一心只读专业书",直奔院士或诺贝尔奖而去;第二种,自由阅读,不求闻达,追求生活的舒坦与适意,无意或无力成为专业人士;第三种,既想成为杰出的专家,又望保留阅读的乐趣。作为学者的他,认为第三种最艰难,也最值得期许——"挂在口头的轻松与压在纸背的沉重，二者合而观之，才是真正的读书生活。"按照陈平原先生的分类对号入座，将自己列入第二类的我，觉得这一类或许才是读书者中的大多数吧。不能绝对地说这一类就不是真正的读书者，没准儿这一类中反而更可能隐藏着真正的爱书者——还有比抛开专业等一切的附加或功利之物，源自内在心灵的喜欢更纯粹的吗？让每一个读者都去做学问是不现实的，能够在"专业"之外，享受纯粹的读书之乐，实在是人生的一大幸事，就像陈先生在书中承认的，真正地享受读书，那么它就像呼吸一样，你意识不到它的存在。

对于学者之文和纯粹文人之文他也作了区分，显然更倾向于去作学者之文。在评点《明时书帕本之谬》时有一段话，就能体现这种倾向："要言不烦，干脆利落，可又不至于艰涩枯瘦，乃学者之文的特点，与纯粹的文人之文自是不同，别有一种韵味。"对于当下的书评，他也有自己的看法："书评而以文采见长，这与目前报刊发表的谈书文章，大都出于作家或记者之手有关。单看介绍，似乎遍地珠玑；可按图索骥，难免大呼上当。"在关于品位、修养、文德等"度"的把握上，也能体现专业和业余的区别。对于书评的建设，他寄希望于学界与新闻出版界的共同努力，让书评少一点文学色彩，多一些学术性。陈先生以一个学者的立场和视野，看待一般的书评自然会感觉不够深刻、不够专业，但我想说，除了学界的教授、专家，作家和一般的读者毕竟也是读书的重要参与者，或许还是读者中最大的一个群体，他们的声音也同样不容忽视。陈先生不是也说吗，"若能坚持自己买书、独立评书的既定方针，防止'一阔脸就变'，则此事大有可为"。联想到自己前年出版的四本书评——《书与人：随遇而读，自在欢喜》《书与城：家的记忆，生命的河》《书与生活：锦上添花，生活很美》《书与艺术：为美而生，与美同在》，虽非从专业角度所撰，在专家学者看来肯定瑕疵多多，但却因源自内在的由衷热爱而自动自发，所读所评书籍均是自掏腰包买来，观点自是有感而发，难免肤浅，但也真实。陈平原先生说："作为'最佳读者'的'书评家'，在中国之不受重视，我以为是不正常的。"他想说的是，真正的好书不应被埋没。我作为业余的读书爱好者和书评写作者，虽无将自己变成专家或学者的想法，但也和他一样，希望市场上的好书——至少自己读到的好书能够被更多的人知道。

当然，术业有专攻，我们不能抹杀学者的贡献，必须承认，作为一般的读者，我们确实需要学者的启迪和引领。历史上很多的鸿学大儒，通过著书立说，用自己的思想和智慧开启了民智，将人类文明推向前进。书籍所承载和传递的，最重要的还是思想，学者的思考专门而深入，能够引领我们洞悉到更深的层面，看到不同的境界，非一般的阅读者、评论者所能及。关于读书的有的放矢，陈平原先生说得就很深刻："相对于独尊自然科学的潮流，我们强调人文学的意义；相对于过分看重考试分数,我们突出人文修养;相对于专家之炫耀专业性,我们标榜阅读兴趣;相对于道德教育的居高临下,我们强调人文教育的体贴入微;相对于高歌猛进的功利性阅读,我们主张'随风潜入夜,润物细无声'。为什么这么做?因为在我看来,当下中国,要讲'阅读的敌人',首推过分'功利化'。"在文化批评的问题上,他认为批评不应缺席,但当前文化及文学批评的最大困境,还不在于谁写、写什么、在场还是缺席、表扬或者嘲讽,而是整个"批评"发生了严重的信誉危机。换句话说,大家都不读或不信报纸上关于当下文学或文化的评论文章了。读到这儿,我想说,无论是哪行哪业,无论是文学艺术还是科技教育,这是一场媒体的整体危机。如果说陈先生面对媒体的"择善而从"和"搞宣传"的直嗓子说好话还在感到惊讶,那么我作为媒体人,坦率地说,早已对媒体失望,甚至都不想再做媒体人了。至于他在书中提到,"现在可好了,广告商们喜欢采用'报道'的形式或'评论'的名义,而且力求与其他文章混排,以便读者解除警惕,不知不觉中接受其宣传"。我想说,教授啊,那恐怕还不仅仅是单纯的"广告商喜欢",而是除了广告效果的需要,媒体同时还要掩人耳目,伪装得越像越好。对于出版业的未来,陈先生并不看好,他说:"单讲资本管理以及赢利能力,多少带有理想主义情怀的文化人,很可能不是最佳人选。我相信,下一代领军的出版人,多是经营长才;但如果做出版只看财务报表,而不将其作为文化事业来经营,那太可惜了。历史的演进和沉淀需要时间,让我们静静地等待吧。"

对于作者和出版者的关系,他作了细致的观察:"读作家学者的回忆录和书信,你会觉得书局老板都是奸商;可读出版家的自白和传记,你又会觉得他们简直是文化事业的守护神。"这就是我在开篇所说的,要相互体谅和适当妥协吧。然而体谅和妥协的最终目的,还是要让书香致远,提升一代人的阅读品位,引领一代人的阅读风潮,推动人类文化和文明的进程。

面对时代的变化,我们还是要适当地保有一点抵抗力。关于微信等媒介的碎片化阅读,我很赞同陈平原先生的观点。他说,面对网络上排山倒海、五花八门、激动人心、不读就OUT的信息,你还能沉得住气潜心阅读思考吗?如今移动鼠标,一目十行,边听音乐,边品咖啡,还有一搭没一搭地跟朋友聊天,这样的阅读习惯养成后,很难再集中精力做一件事情。对于内容限制在一百四十字之内的微博,他说:"我感到忧虑的是,没有沉潜把玩,不经长期思考,过于强调时效性,且最大限度地取悦受众,久而久之,会成为一种生活方式及思维习惯。"这也是我担心的。风习的熏染、思维方式的形成是一个潜移默化的过程,读书、写作都是在静心状态下方可体会其美妙和快乐的工作,原本是与浮躁格格不入的。陈平原先生能够在新技术的强烈冲击下至今不用微信,不看微博,拒绝一切不利的现代化信息渠道和手段，绝对是我学习的榜样。

作为一个学者，他还表达了对畅销书的失望，在评论《畅销书》时，对"投机取巧的拼盘式著作"作了尖锐的批评。大概一个严肃的中文系教授真的无法容忍畅销书"注重平面的叙述，而缺少纵深的剖析；只告诉你'是什么'，而不告诉你'为什么'；什么都点到了，可什么都没说透；好像说得头头是道，可又好像说了等于没说"的不疼不痒吧。

关于读书，他也有很好的见解，认为读书不在多，读少一点，慢一点，精一点，认认真真读几本好书，以此作为根基、标尺和精神支柱，才更重要。信息不等于"知识"，更不等于"人生智慧"和"生命境界"，"基于自家的立场，自觉地关闭某些频道，回绝某种信息，遗忘某些知识，抗拒某些潮流，这才可能活出'精彩的人生'来"。这是他读书的基本立场。在选书的问题上，我也同意他的说法：人人说好的，不见得适合你；十年后才能读懂的，不妨暂时束之高阁。对于真正的读书人来说，"偏食"是正常的。因为有趣味就意味着有个性、有边界、有局限，重要的是要明白自己的"阅读趣味"。世人以为的名著，未必你就一定喜欢；令你心灵颤动、眼界大开的好书，世人也未必承认是"名著"。这和林语堂的读书观有些接近。林语堂曾说："人家不能叫读者去爱这个作家或那个作家，可是当读者找到了他所爱好的作家时，他自己就本能地知道了。""世上无人人必读之书，只有在某时某地某种心境下不得不读之书。有你所应读，我所万不可读；有此时可读，彼时不可读，即使有必读之书，亦决非此时此刻所必读。"

要让读书成为"好玩"的事，大概还是要心无旁骛，自由自在，随心、随性、随遇而读吧，抛开世俗功利，深入咀嚼，欢喜玩味。（《读书是件好玩的事》，陈平原，中华书局，2015年4月第1版第1次）

2016年2月28日—29日，北京家中

我辈本是蓬蒿人
——读陈建功《建功散文精选》

"写散文要比写小说舒坦得多。写小说你得找张三李四王二麻子,让他们出来替你重新铸造一个世界。写散文你不必劳这份神,提起笔,你就撒了欢地写吧。你怎么活的就怎么写。你怎么想的就怎么写。你就是一个世界。"《建功散文精选》开篇自序里的这段话,与现实中陈建功先生留给我的第一印象是吻合的,与此前我头脑中对这位文学前辈的想象也是吻合的。朴实、真诚、直爽,粗粝中带着细腻,细腻中带着粗粝,饱满的情感和笔触中透着一代名家的风范。

这份真诚是感人的。

他的语言是那么诙谐和粗放,他的情感又是那么深入和细腻，没有一丝的苍白和做作，却有着天然的由衷与浑厚，悲悯中带着大爱，和现实中的他一样，让人感动。

他在楼下理发时，被一个神神道道的老爷子"封了佛"。老爷子郑重其事地说他头上盘着条蛇，他呵呵笑着问："是吗！它在我这儿干吗呢？"老爷子说："它哭啊，它说……"理完发他回家逗女儿，可转眼之间就忘了自己的佛名。他固然不会信那老爷子，但仍然乐见他的沉迷。他说："人活着固然应该认真，可也应该尊重别人家的认真。""我这个人悟性是极低的……不过宽厚却是有一些的：否则我也不会一方面连信都不信那一套，一方面居然接受他给封个什么'佛'，乐呵呵地接受，忙不迭地谢之不已。"而最后，他说："拿那佛名吓唬吓唬女儿是愉快的。发现那佛名被我忘了，也是愉快的。让一双浑浊的眼睛安详而自足，同样是愉快的。大家都过得很愉快，我也愉快。"

他参观美国一家敬老院时，一位老人拉住他，固执地说昨晚曾听到他唱歌，开始唱的是《掷弹兵》，后来唱的是《苏珊娜》，最后唱的是《星条旗》。无论他怎么解释，说老人搞错了，老人都说："不，不，是你，一定是你……你唱得真好听啊，请为我再唱一遍吧，好吗？"这着实让他为了难，他写道："我敢说，我一生也不会忘记这渐渐浸满了泪水的蓝色的瞳仁。可是我真的不会唱英文歌啊！……我不会原谅自己为什么来前没学几首英文歌，没找专家吊吊嗓子。现在，你只能微笑,向他表示歉意。你一只手拿起他那干瘦干瘦的左手,另一只手又凑过去,在他的背上深情地拍了拍。你侧过了身子,在那蓝色瞳仁的注视下,离开了他。一切又归于平静,这颗心却是如何也平静不下来了。"每一个动作、每一个细节都饱含了情感,这是彼时彼地他竭尽全力所能够做的了吧?

平凡的人生有了这份朴素的情感,内心的深处有了这天生的善良,他才能写小说吧?他才能写出动人的小说吧!

书中的《我辈本是蓬蒿人》一文不矫揉,不造作,有着天然的质朴。文中讲到有一次单位给他派了一辆"212"北京吉普到国际俱乐部参加外事活动,司机很难为情,说,就这车,国际俱乐部的门卫都未必让咱们进去!还问他要不要停远一点,让他走过去。陈建功一听,乐了:"我他娘的要是想摆谱儿,我也不摆汽车的谱儿!他坐'奔驰',坐'皇冠',真是他家的倒也罢了!您哪,甭想那么多,放心往里开吧,他敢不让进,咱们掉头就回去!"司机也乐了,说他是怕作家嫌寒碜。以前拉过一位作家,人家干脆一转身,回去了。"要么,您换一辆来;要么,我不去了!"更早之前拉的另一位作家则让"212"停在远离饭店的地方,自己走了过去。陈建功写道,他之所以要提这件事,只是想说明他对自己的活法儿的选择:我辈本是蓬蒿人。既然如此,坐"福特"亦难借重其威,坐"212"也非关国体。这种活法儿或许比起"我辈岂是蓬蒿人"要自在洒脱一点。"我确实认定了,我的生活位置,只是在蓬蒿之间。"

继而他"拷问"自己的生活和心态。"你甚至还会以某个什么身份主持某某团体的大会，通过这个决议，表决那个提案。同意的请举手，反对的请举手，没有，一致通过，掌声雷动。我总看着别人干得如此自如如此沉稳如此老到如此器宇轩昂，而我，欠着屁股装模作样地看表决结果的时候，心里已经在拿自己开心了：'装他妈什么孙子啊！'天知道这自嘲是否会有人看出，反正越是经历这样的场面，我越发现自己登不得大雅之堂，越发现历史常常和人开玩笑，把不合时宜的人放在不合时宜的地方。"这种质朴，简直是有些可爱了。

虽然也经历了"文革"，虽然也被厄运之潮卷到京西做了十年采掘工人，但他的世界却晴朗而乐观。他曾多次在讲演中引用曹子建那句经典的话——"街谈巷说，必有可采；击辕之歌，有应风雅；匹夫之思，未易轻弃也。"可以猜想得到，他从十年的底层生活中汲取了多少平民百姓的坚韧与傲骨。正如他在另一篇文章里说过的，他更喜欢以喜剧的态度来书写人生的悲剧，称之为一种"悲喜剧"的态度。或许也恰因为这种态度，他的文字里鲜有风花雪月和小情小绪，找不到某些所谓"做文学者"的酸腐，反而呈现出一种自然淳朴的独特风格。

大概也是出于对自己"蓬蒿"本色的认定，他谦虚地自称为"写家"，并直言这是老舍先生的原创。这不是故作谦虚，而是关乎他的活法儿和生活态度。我不由得联想到当今满天飞的"作家"和自诩的"著名作家"，内心有种无语的感觉——

将自己抬得很高的人，在别人的眼里真会如此伟岸？而性本谦和、不将自己当"人物"的人，反而更受人们的肯定和爱戴吧？早听说陈建功在圈子里有着很好的口碑，我想这绝不是空穴来风。

陈先生还是一个很讲生活趣味的人，"不管怎么活，我永远活得有滋有味儿便是"。单单围绕"吃"，他就写出《"涮庐"闲话》《老饕絮语》，还有《北京滋味》。身为小说家，他自称不敢领教诗人"朝饮木兰之坠露，夕餐秋菊之落英"的境界和"宁可食无肉，不可居无竹"的高雅，热火朝天之时，上肉开涮便是！太过精细和讲究，刀工即使京城无双，吃起来也索然无味，如若来客再正襟危坐，"斯文得仿佛一桌桌地开党小组会"，那锅中物再好，顿时也就无滋无味了。他说："大概是我这个人口味过于邪门儿，要想找哪家饭庄能把我伺候顺了，也难。知趣的办法是自己走开——到虎坊桥的'白水羊头'小铺，要四两羊头肉，撒上一点椒盐面儿，边走边捏；到朝内'爆肚王'老铺，要一碟爆肚，两碗杂碎汤，三个芝麻烧饼，一边吃着，一边听身旁的引车卖浆者流海阔天空；要不就上前门'月盛斋'，切上两斤酱羊肉，拎上一瓶白酒，找朋友一醉方休……在斯文者眼中，一定有伤大雅，然生性如此，又可奈何。"在书中，他还记述了很多和女儿在一起的趣事和欢乐时光，一起改歌，一起作文，一起逗闷子，那时的他，又转换到一个慈父的角色，回归到内在的一派纯粹和天真。他很享受生活的过程,并将这个过程与文学融为一体,深入体味其中的乐趣。他说:"当一个作家的幸福之处就在于,文学能够把你所面对的世界、所遭遇的人生变得有滋有味儿。当一个作家更幸福之处还在于,随后你还能拿起笔,为读者重新铸造出这个有滋有味儿的世界,描摹出这个有滋有味儿的人生。"

陈建功在散文随笔里把"自我"书写得酣畅淋漓,把京华人物也写得栩栩如生,其实是他小说家本色的发挥。《平民北京探访录》写到的杠夫瘸三儿,"耍骨头","瞪眼儿食","剃头挑子一头儿热",关注的都是旧京平民小人物的"卑微"生活。可再"卑微"也是生活,再贫苦也是人生,也是真实难逃、不容忽视的现实境况。他对此寄予了深厚的同情,并将读者的目光从富丽堂皇的"大雅之堂"引开,引到这些不起眼的小人物、小事件上,告诉他们"平民北京的悲喜剧心态孕育了这样的平民艺术,而如此的平民艺术又为北京平民性格的形成留下了不可磨灭的印记。了解北京不可只知道作为煌煌帝都的北京而不知道平民北京,而研究平民北京,不可不知道'丑孙子''赛活驴'们"。平等心,对于身为作家的他,也许不仅仅是一种本色,还是一种责任、道义和担当吧。就像本书封面上作家头像所展示的他那看向远方的目光,深邃、正直而坚定,那是作家的胸襟与情怀。这一切于我,是种无言的激励。

人与人的相遇有时充满了神奇,如果不是我的"书文化"系列丛书请陈先生作序,可能今生也不会与他认识。而他的书,亦于接触的刹那给了我扑面的好感，激起我深深的敬仰。

在往返深圳的飞机上读这本《建功散文精选》，读至一半忍不住给陈先生发了短信："陈老师，您真是太可爱啦（原谅我用这个词，可您真的是个可爱的人啊）！比起之前茶馆里聊的那两个小时，您的文字让我了解了您更多。"

我手里的这本《建功散文精选》是陈老师送我的亲笔签名本，我会好好珍藏。（《建功散文精选》，陈建功，华夏出版社，1997年1月第1版，1998年4月第1次）

2014年4月25日，北京

烟雨嘉兴，我来晴好
——读范笑我《我来晴好》

范笑我，嘉兴秀州书局掌门人。《我来晴好》一书中所记均为围绕嘉兴书业的文人逸事，其间穿插走街访友的所见所闻和耳濡目染的日常琐碎，故纸中透着新意，弥漫着浓厚的人文气息。

读开章第一篇访宋清如先生的文章《一同在雨声里失眠》，我就被感动了。当得知笑我先生来访是想要出版其夫朱生豪的书信时，宋清如先生说："那是我与生豪两个人的情愫，不准备发表。将来把它烧掉。"谈及朱生豪生前译著《莎士比亚全集》的稿费，宋清如先生说："当时，我有工作，不需要那么多钱。我把这笔钱退回出版社，但出版社拒收了。"后来她将稿费中的一万元买了公债，五千元给了市政府，一千元给了朱生豪的母校，四千元给了他的弟弟。遥望彼时的学人、前辈，他们身上有多少东西值得我们学习和思考啊！重情重义，清心寡欲，不贪婪，不索取，需要的那么少。若将稿费之事放到今天，作者视多余的金钱为无用之物退回到出版社，怕已是难以想象了吧。多了，还想多，欲壑永远难平，而今天的人们，果真比那时更幸福吗？

然书中有此风范、令人由衷钦佩者，还不止宋清如一位。当年浙江文史馆给章克标一份补贴，上海的单位替他落实政策后也给他一份退休工资，章克标就将文史馆那份退了，认为一个人只要一份收入就可以。这和宋清如先生的思想同出一源。在"丁聪漫画陈列馆"开馆的第二年，当地政府在旁边建了丁聪藏书楼，丁聪认为自己不够藏书家资格，遂改名为小丁书屋。从丁聪藏书楼到小丁书屋，又是何等的谦逊！凡真大家者，大概从不自视为大，而难成器者，反而常常冠己以"著名"，这不禁又让我联想起当今这个"大家"满天飞的时代。为了几个臭钱或所谓的名利虚荣，不惜厚着脸皮将自己举得高高，做着各种宣扬、吹嘘和表演者大有人在啊。不知道长此以往，世界将走向何方。

而世间清明淡泊的爱书人也终是络绎不绝。秀州书局虽然只有一间小小的门面，却吸引了众多大文豪或无名氏来此访书并留下诸多佳话，随手拈来，都是一道风景。其中无名氏访书的片断因更具烟火气而读来倍感亲切，摘两段分享："二月一日晚上八点左右，甲在秀州书局选了一本烹饪方面的书。门外的乙（穿皮夹克）说：'这书不行。'甲选了《大作家小作文》……甲乙书不买，走了，天很黑。""二月六日，小姑娘在秀州书局选了《中国通史》（范文澜、蔡美彪等，五百二十元）、《世界通史》（崔连仲等，四百八十元）后朝父亲看看。父：'买！'"里面是否有你、有我、有他的影子？一地的文化，由书籍展开，亦由生活于此的鲜活的人事构成，文化名流抑或凡夫俗子，都是文化不可或缺的生动的一部分。笑我先生随机择取其中的一些个断面，以无比鲜活的方式，向我们展示了嘉兴的人文景致。

他在嘉兴古老街巷中的寻访亦是随性的，兴致来时，说走就走，于残垣瓦砾或鸡鸣狗跳之中，探究历史的渊源，把握现代的气息，所到之处，自身亦是风景。

他寻访的人物，清一色透着书香气，谈吐各有见地。很多人以当事人和见证者的身份道来，见解自有分量。章克标谈林徽因和钱仲联谈丰子恺，我都有同感。章克标在书信中谈林徽因的《深夜漫步》："林徽因是唯美主义者，与芳信、朱维基三个人有个小组样子，当时在上海颇具特色，不过此人的中英文均不见得硬，所以他的译文被施蛰存所轻蔑而嗤之以鼻。"钱仲联说丰子恺："丰子恺，我不要看，他是画漫画的。三笔草草。"较之于子恺先生的普通散文，个人感觉他谈艺的文章更加好看。

而"我来晴好",原是嘉兴南湖烟雨楼上某清末不知名人士题的一块牌匾,被作者拿来用作书名,在气韵、风格上与该书吻合,感觉倒也刚刚好。

在书的第二百二十七页看到作者和其他三友人的合影,发现笑我先生温文尔雅,还挺帅。(《我来晴好》,范笑我,上海辞书出版社,2013年6月第1版第1次)

2014年10月27日,北京

草木有声，文章有色
——读沈胜衣《笔记》

作者是爱书之人，亦是热爱自然草木之人。《笔记》所记多为作者日常读书所得、所感，其中以植物命名的书又勾起他天然的兴味。

在书中，他谈及一些文人逸事，通过品读、思考，对周作人、俞平伯、沈从文、陈寅恪、胡兰成等历史人物做出自己的评点，流露出自己的倾向。他还对剧本改编发表了自己的看法，游弋于文学与剧本之间、文学与人生之间，对生命作独特的观照。他潜意识里的人生有着一点虚无和颓废："当回忆成为一个人剩下来唯一能做的、能把握的事，便再次陷入我一向在心的悖论：记忆之必要与无聊。""反讽与悲哀，不仅来自戏内，还赫然对应着戏外,那就是我们的命。""生命与肉体最般配的美好时光,只能是那么短暂的一段。""再坏再凉薄的人,也会温柔怜惜;就如再善良纯洁的人,也可能有多种身份面目。对这两点,我想我有资格有把握这么肯定地说。""反正怎样的人生都是虚度。""文艺只是身外物,人终归要从精神世界回到现实的。"

于这浅淡的虚无和颓废之中显出一丝蓬勃活力的,是他对草木的热爱。全书最美的就是"花名册"一辑。他于某一个合适的契机,饶有兴致地将以花草树木作书名的书挑出来加以评点,写成《向书问芳名》《草草的回忆》《树叶影斑驳》《春花意转折》《秋卉之亮色》等篇,读来有声有色。

写到花,他说朱天心的《花忆前身》和三毛的《梦里花落知多少》"都有可咀嚼的惆怅之美,只是略嫌文艺化了点"。而鲁迅的《朝花夕拾》"就能提升到一个高度,别有一番大气象了"。车前子的《好花好天》书名好在"既有世俗的吉祥,又有私己的可心,我在出版当年的一月购得,正是合适的开年书,让我欣悦"。谈及胡兰成的《禅是一枝花》,他说:"对胡兰成这个人,你尽可以从不同角度去贬斥;这部解禅之书,你也不妨视为胡扯。可我读其中的《南泉一枝花》等,还是不免感叹其生花妙笔般的见识与文字——真是一枝好花。"

写到草,他说扬之水源自《诗经》的《终朝采绿》"有一份鲜活的古典优美"。谈到惠特曼的《草叶集》、鲁迅的《野草》、叶灵凤的《忘忧草》等"可作为个人生命记录"的书籍，他说："在人生的重要关口，能遇到一本书、一种植物，化解你的精神危机，开启你的心灵门户，是多么地幸运。"

写到树，叶德辉的《书林清话》《书林余话》，雷梦水的《书林琐记》，陈原的《书林漫步》，黄裳的《榆下说书》，止庵的《樗下随笔》，许宏泉的《一棵树栽在溪水旁》，木心的《西班牙三棵树》，萧白的《风吹响一树叶子》，姜德明的《文林枝叶》，张泽贤的《书之五叶》都唤起了他美好的联想，很多书他都是冲着书名买来的，因为"爱的就是这些书名中那份郁郁葱葱的生意"。

正如他说花木的描写中带出的"淡淡的欢喜和淡淡的哀愁"很合他的性情口味，他对花草树木的体贴和感应是细致入微的，文章中亦不时透出"淡淡的欢喜和淡淡的哀愁"。从黄秋耘的《丁香花下》中，他读出"花意与人生的本质联系"；从汪曾祺的《晚饭花集》中，他看到"几个画面，浓缩了人生，又散淡又深浓的悲喜"。书中的花和身边的花彼此辉映——"直到现在整理此文，这几种花仍都在开着，乃是悒悒长夏中一份明朗纯净的欣然。""美好的植物，是值得我们如此动情的。"

花草树木写完，仍意犹未尽，随后又专列"草木书情"一辑，将 2007 年收得的花木书八十多种和 2008 年收得的八九十种又分别选录叙说，可见与草木的缘分、情感之深。有关植物的书，常常使他"看着就高兴"。一本名叫《花》的书让他十分喜欢，

"简单一个'花'字,有一份自在之谦,更有一份大气之盛,如天地自然"。他不喜欢在文学作品中给植物赋予沉重的社会政治使命,深情地呼唤"回到花本身吧"。

正如植物有不同的特质、性情,人与人亦是不同的。

在《植物的生活》一文的开篇他写道:"偶然发现,有不少书都以'植物的生活'为题。是的,植物也有生活,植物的生活也许是更好的生活。"这让我想起有一天独自在紫竹院的小土山上面湖静坐,看着眼前的古树、斑驳的阳光和于花草间欢喜跳跃的鸟雀,突然之间生出一种想象:若能化为一棵大树,安然地与时光相处,又何尝不是一种幸福?沈胜衣在这篇文章的结尾写道:"人世变迁,风云变幻,冷眼旁观,一笑置之,植物继续生活。"字里行间,透着清明悠远和淡定从容。

《笔记》是"开卷书坊"系列中的一本,对于该系列的评价,我同意作者的说法:其装帧"素朴之至,简雅之至,越不张扬越让人喜爱"。其内容温润可人,"作者有的名气大有的名气小,但共同的特点是'有料'而不张扬,低调安稳……非高论宏文,却散漫可亲。在书话体已泛滥到'雅得那么俗'之时,'书坊'别生安静的情致,让人欣悦"。

而《笔记》给我带来的最现实的冲动,是我按照书中同样唤起我美感的书名列了一个书单,购来《沿着塞纳河到翡冷翠》《杂花生树》《非常罪 非常美》等七本书,同时将今年年初天津教育出版社齐力老师送的《美人如诗，草木如织》找出来，欲伴着《诗经》的纯美意境，领略植物的芳华，以宁静欢喜的心，迎接新的一年。（《笔记》，沈胜衣，上海辞书出版社，2013年6月第1次）

2014年12月31日，北京

切入董桥
—— 读董桥《景泰蓝之夜》

林语堂说,读书不可勉强,因为学问思想是慢慢胚胎滋长出来,其滋长自有滋长的道理,如草木之荣枯,河流之转向各有其自然之势。"即使有必读之书,亦决非此时此刻所必读。见解未到,必不可读,思想发育程度未到,亦不可读。"我读董桥,曾有这种感觉。

几年前,记不清是读他的《旧时月色》还是别的什么,翻开来,并未读进去。看到朱小棣在《闲书闲话》中那句"丢开时髦的董桥,任其走红"还曾有过共鸣,共鸣的并非董桥中英文并用的"时髦",而是我真的没读进去——读书本是随意之事,这无法勉强,但我同意林语堂所说,有时候读不进去,可能是由于自己的思想认识还没达到作者的高度。所以搁了几年之后，最近偶遇董桥的《景泰蓝之夜》，抱着试试看的态度又将这一本买了回来。

这老先生确实有些高古，交往只认"旧派人"，收藏讲究"大器"和"古意"，口中谈着周遭的张充和、台静农、胡适、老舍、沈隐默，藏品中的沉香紫檀、文玩古董，记忆拉回英伦的毛姆、盖斯凯尔夫人和自己"充满艾丽思幻境"的伦敦旧居前，案头摆放着小羊皮封面、烫金设色花纹的《克兰弗德》，文章写着写着不是穿插两首婉约小词，就是来段ENGLISH，身边的人物不是"一身儒雅，满心古风"，便是"文人笔墨，书卷气浓得化不开"，多少给人远离人间烟火、曲高和寡不好接近之感。

董桥先生的文字中虽然频有英文出现，但我并未读出朱小棣所说的"时髦"感，相反，他的文字很静，很淡，淡到需与他沉到同一种心境，仔细去品才能渐渐品出味道。如同古物的收藏，只有懂得，才能感应、珍存并与之对话。

在本书中他主要谈文玩清供和艺术收藏，很有见地，一贯地看重古风。比如谈及碑匾，他说："徐悲鸿是洋派人，那手字题不了匾。题匾非找旧派人不行，缺了那份敦厚的贵气典雅的古意，挂起来总嫌乏力，不够轩昂。"谈到书法，他说吴昌硕等老民国书家"馆阁都化了，碑味都熟了，金石气息苍润得不得了"。叶恭绰碑帖相融，古拙生辣，"我只看懂了他的气势，看不懂他的心路"。谢无量精气内涵，以拙为巧，"尽管于右任叹服他的笔韵,我到底见识浅陋,瞻仰不出那份襟怀"。沈尹默不同,"胎息欧褚而不见欧褚,宗法二王而不见二王,碑影浮动帖意颉颃之间字字有我,往深里看那是他天生的晋人气概,谁都不像"。谈及文学,他说:"台静农的文章多带微茫的阑珊,沈尹默的诗词处处夜雨剪烛的摇红,师生笔下仿佛字字天意,学也学不来。"无论如何,"上一辈人的翰墨因缘都雅致"。

他说:"书法是艺术,贵在可玩可赏,镇压厅堂逼人敬畏的山川巨制从来大煞风景,讨厌。"难得他以艺术的赏玩之心欣赏艺术,有时遇见某件藏品的拍卖价格超过了他的预期,他亦会感叹收藏之乐不再是文人雅士的赏玩之乐,而是成为"暴发户炫耀财富之游戏矣"。他本人沿袭"旧派人"的君子做派,对于至爱之物,若买不起,即使别人执意奉送亦不取。而在书中,有缘坐拥顶级书家的一叠墨宝而不动心者,亦有人在,儒雅中有着一种贵气。

对照当下的世态风景,我很理解董桥先生的崇尚古风。世道人心,只有在祛除贪欲和杂染的时刻,才得见大境界、大情怀。

在书中,我亦得到不少新的见识。比如在有些人的经验里,学历史竟是终身的快乐,因为它"使人突破生命的有限,逸入生命的无穷。与古人,为神交;于今人,增了解;对未来的人,寄予无限的祝福与关怀"。在另一些人的生活中,洒金铜炉亦如同美人,"也要嘘寒,也要问暖,姿色靠情深情浅而变"。万物果然有灵,有一天女儿对我说:"妈妈,植物也有感情,你心情好的时候,它心情也好;你心情不好的时候,它心情也不好。"这让我想起最近大家热谈的一个实验,证明水亦有感情——当你以美好的情感对待它的时候,它结出美丽的冰花;当你以负面的情绪对待它时,它结出的冰花就不是那么美妙了。世间万物,原本蕴藏着许多的知识和秘密,在它们被一一发掘和发现之前,人类最好还是保持谦卑再谦卑。

正如过去读丰子恺是从《丰子恺谈艺》读进去的,这本《景泰蓝之夜》亦是从艺术的角度,使我切入了董桥。(《景泰蓝之夜》,董桥,海豚出版社,2014年3月第1版第1次)

2015年6月27日晚,北京家中

附庸风雅读董桥
—— 读董桥《英华沉浮录》

这位"文稿还写在原稿纸上"的老人倒也潇洒,"爱怎么写就怎么写忽然都在情理之中,真好"。"高兴了写写文章出出新书"也"蛮好玩"——《英华沉浮录》,大概就是这样的结晶。

在玩乐之间写出的文章往往更富情致,这风格和性情更与董桥贴近。他于日常所见所闻所阅和身边逸事趣闻中每有感触,随手拈来,都有深度,常常妙在不经意之间。听了汪曾祺讲的精妙笑话,他感慨,有学问的人文化修养与气质未必高妙,有文化修养与气质的人可能没有太大学问;研究程朱理学的学者文化气质高雅者不多。理想的状态是既有大学问又有文化修养与气质。看到黄子程在专栏里谈"肚子里要有文化",他发言:"文化修养大概也是这样,有那么一套准则,意念着处,花开花落都见玄机;切切实实去亲近他,不论是浮沉在功名利禄之中,还是跌宕于词场酒海之间,他都依偎在那里。"看到《明报》刊出的论述文学家是"疯癫一族"的研究报告,他抛出自己的见解——情绪不波动的人写不出细腻的东西,科学家没有作家的创造力也追求不到科学上的突破。谈及语文,他说:"语文只涉品位,无关权威。"背上语文布袋的人,放下布袋,才能自在。

对于做学问、写文章他也有一番见解,"学问要能随意化为漫谈方才可观",文章不宜冗长,而上佳的短文又不是"人生小语"等励志小品,功夫在于文章里的"事""识""情"。"事"是实例、故事,"识"是观点、看法,"情"是文笔的情趣、风采,是权威学说之外的生活和生活里的文化,"浅浅的文笔露出发人深思的哲理才好"。关于书话,他说:"写版本、校勘固然枯燥,总要加点买书经过、书林掌故、读书所感才耐读。散文也是这样,通篇议论和通篇抒情都要不得;有点情事,有点故实,再加些真诚,自可脱俗。"在他看来,文章的品位得自文化的熏陶,因此他主张多读书,"英国人的学养一大半是在火车上'啃'出来的"。但又不主张读得太专太迷为书所累,太专太迷了容易遮盖文采,丧失鲜活流动的气息。而上好的作品都是"为自己写作"的,"为自己写作"的文学时常于无意中将文学带向进步的道路。

当然他也有自己的喜好和"偏见"。比如对郭沫若,"总觉得郭沫若做人做文都在等人家的掌声;掌声越多,他的诚意越少","太渊博太世故了"。在他看来,写文章讨生活的人文章各有瑕疵,"钱锺书之文无情,巴金之文滥情,茅盾之文矫情,邓拓之文八股"。但他欣赏周作人:"周作人的小品文是中国现代文学的甘草,笔下尽是知性的沧桑和冷幽的世故,白话文熟得都散发出文言的清芬了。"妙在不着边际,却又很有看头。各自的性情、际遇、立场、观点不同,文学风格还是有区别的,贴近灵魂、忠于本心的文学是离我较近的那一种。董桥老先生说得透彻:"读书人不宜做行政工作,不宜当官,不幸失足而为政为官,不是面目可憎,就是庸庸碌碌不见光芒了。"难得老先生年逾古稀,为人为文却都多了一份洒脱自由和无所顾忌。

连《中华读书报》上一篇批评他的文章他都拿出来说道,并承认说"这是真的"。《中华读书报》的原文是这样的:"其实总体上说,董桥的文章还是不错的,与时下许多浮华无物之所谓随笔比,还是很可一读。但董桥是文章一枝,说得过分了,出版界热闹过分了,于有识见的董桥先生恐怕也不好意思。"仁者见仁,智者见智,抛开评论的中肯与否,外界如何评论,老先生洒脱至此,恐怕也已不怎么在乎了吧?

这是一个风雅的老头,但他眼里的风雅也不全是曲高和寡、高高在上，而是融入生活，展示本性的真趣和真味。听说老舍喜欢收藏一些小古董，瓶瓶罐罐不管缺口裂缝都喜欢买来摆。有一次郑振铎到老舍家玩，仔细端详过后，说他那些藏品"全该扔"，老舍听了轻声说："我看着舒服。"而后两人相顾大笑。董老先生说，这就是"真风雅"。风雅真的不是故作高深，也不可以金钱衡量，更多的时候是一种真性情、真态度、真情趣。

读董桥的文章，在清风古韵里浸淫，也是一件风雅的事。

（《英华沉浮录》，董桥，海豚出版社，2014年7月第1版第1次）

2015年9月30日，紫竹桥

文字之美,色彩之美,人之美
——读孙郁《文人的胡同》

我喜欢读孙郁先生的书。他总是在历史的大背景下,以深切的同理心、精准的语言和客观的视角剖析作家的作品,做出专业的文学评论,其间总有思想的闪光。

《文人的胡同》较之于以前读过的《走不出的门》《文人的左与右》等显得略为轻松,评点作家和作品的同时,也间或谈点自己的身世和见闻。比如谈到送女儿上学的途中曾饱览北京的胡同文化,谈到女儿在杭州读大学时曾邂逅杭城的美食、风景等等,都较有生趣和现世感。

但他终究是个经历过沉重的时代、有过惨痛记忆和历史包袱、以思考见长的人文学者,他看待事物的视角总是以历史为参照，对现实给予冷静的怀疑和批判。正如他从鲁迅身上发现大爱，他亦将此看作一种大爱，尽己之力发出独立的声音，以一个思想者的姿态努力给世人以警示，并呼吁社会的开放、接纳和包容。他说："一个朗然大度的民族，是在批评和多种参照下自立起来的。我们需要这样的朗然与大度。"

想起梁启超、邵飘萍、孙伏园等老一代报人，曾于报社供职的他著文称："报人，是我们这个时代连接天上与地下以及古往今来的思想者。可惜现在这个词渐渐成贬义，人们几乎不去碰它了。"他引用一位报社前辈的话说："现在没有报人，大家都是宣传干部。""过去讲思想家办报，现在说政治家办报，差异也就自然了。"这差异，便是思想的厚度和人文的光芒，而"只有思想飞起来的人，才会抵达思想的圣界"。

针对眼下的功利主义，他说："天底下无用的文章往往是最好读的。""闲人闲笔，真的会胜过伟岸状的宏文。"看重的大概也是内在的真性情。而作家常常又是孤独的，"当一个人因求索自由而背叛世俗社会的时候，周围的人与他是陌生的"，所以"作家的写作多少都有点信念的支撑"。这信念的支撑使他安于寂寞，有时还乐享寂寞。一个真正的写作者，常常有着忠于内心的固执的坚持。

在书中，孙郁先生对文学和艺术、文学家和艺术家的关系亦给予了关注。在《文事与画事》一文中，他欣赏汪曾祺、张爱玲、丰子恺等文配画的著作，说"画和文字同声同态，乃是天然之气","文学和美术最直接的关系大概就是封面和插图了"。给自己书的封面配插图者,他最欣赏张爱玲,而一生喜欢绘画的汪曾祺,虽然"可能是当代作家中,对笔墨最有感觉的人",却从未亲自给自己的书设计封面,有点遗憾。

作家中能画的人很多,除丰子恺、汪曾祺、张爱玲外,苏曼殊、闻一多、叶灵凤、艾青都是诗画俱能的人。而画家中文字好的也很多,他列举了陈师曾、齐白石、徐悲鸿、吴冠中、木心、陈丹青,说他们都是深谙艺术之道的,"知道文字之美与色彩之美其实是人之美"。这话说到了根上。艺术原本是相通的,各个艺术门类间本有着丝丝缕缕的内在联系,艺术之美归根结底还是人之美,而人之美又决定了文之美和画之美。

我自己也爱读作家或艺术家配有自己插画的作品。山东画报出版社出版的汪曾祺的《人间草木》《五味》《文与画》《谈师友》等一套丛书就很具格调,其间的文人小画兴之所至,随手拈来,却颇具色彩和意味;黄永玉的《沿着塞纳河到翡冷翠》中所配彩色插画是他旅欧半年的写生作品,流淌其间的温暖色调和欢快性情与文字彼此呼应,一脉相承。而我对画家的文字亦常怀有特别的好感,字里行间常常流露着画家的气息和特色,带有图画的美感:梵·高用文字描述的画面不亚于他画布上的画面,平静,欢愉,是他性格的另一面和画面的必要补充;陈丹青虽以《退步集》《荒废集》等怪话式的尖锐深刻见长,但其中艺术家的坦诚和真情流露依然是一目了然的,连同

《多余的素材》《陈丹青音乐随笔》中的悲悯和柔软，都是一个艺术家必备的特质。他们的文字中，都流露出清一色的真诚，而一切真的和美的，都会触动人心。

不过木心的作品也如孙先生所分析的，虽被陈丹青高调推荐，但很多陈丹青的读者并非都读得进去木心，我就是其中一个。正如孙先生说喜欢周作人的读者大都不喜欢鲁迅一样，他的判断是准确的。我更愿意相信那是由于人的喜好和内在性情的天生不同，各自的选择和相互的吸引亦是自由和天然的。所谓物以类聚，人以群分，当年周作人的苦雨斋里聚集同类性情的文人，并由此成为"京派"发端与"海派"遥遥相对，亦是必然的了。

而孙郁先生对于人性、人本的东西原本又是格外注重的，对于作家、作品有着感性的把握。比如谈到扬之水读《诗经》，他就说，"读诗是气质的问题，而并非都是认识的问题"。

研究鲁迅的他在书中有单章写鲁迅，并有很多篇幅涉及周氏兄弟。谈到周氏兄弟笔下的北京以及两人于北京的分道扬镳，他说："他们留给北京的，远不是文学上的花絮，倒是关于知识分子自我选择的文化难题。"而他，同样从人性的角度给予了不同选择以不同的理解，对于周氏兄弟及其各自所代表的文学路向给予了不同的肯定，对于京派、海派的来龙去脉和日后影响亦作了深入透彻的分析。

在他看来，"写作永远是一个过程，精神是河水的流淌，诗的流淌"。他关注历史，也关注现实，关注文人的命运和文学的流变。在某次作家的研讨会上，有人对自身的选择和处境发问又坦然接纳，他仿佛获得了一丝宽慰，说："当人对自己的选择也发生了疑问，又勇于承担的时候，也许内心与上帝是最近的。"而在个体的内在心灵靠近上帝的那一刻，他仿佛也依稀听到了社会进步的声音，这是他殷切盼望的。

谈吐之中，他自然提及不少好的作品和作者，我将自己感兴趣的挑出来列在了书后，望有机会买来一读，分别是：缪哲译的《塞尔彭自然史》、吕叔湘《未晚斋杂览》、台静农《龙坡杂文》《知堂回忆录》、泰戈尔的自传、陈师曾的文字以及尼采。（《文人的胡同》，孙郁，江苏文艺出版社，2013年5月第1版第1次）

2015年1月26日，北京

沉思面对,聆听内心的声音
——读林贤治《文学与自由》

纯文学的东西,依然吸引我——文学将你引入最内在的部分,让你与自我相遇、相处,感受自我灵魂的律动,获得源自内在的精神力量。林贤治说:"精神是心智的改造者,生命中的生命。"而文学之中,我又至爱散文,"散文是人类精神生命的最直接的语言文字形式"。无论如何,谈文学总是愉快的,虽然文学与自由之间,或许还有着一段看不见的距离。

然而作家必须真诚。"由于真诚,散文写作甚至可以放弃任何附设的形式,而倚仗天然的质朴。对于散文,表达的内容永远比方式重要,它更靠近表达本身。"刘再复先生也曾说过,散文是作家人格的显现,一点也无法掺假。或许这也是我热爱散文，在所有的文学体裁之中独钟散文、与散文最为接近的原因。文如其人，一个将生命和写作融为一体、用写作来践行生命的写作者，其文字必然超越了文字本身，在写作的时刻，必然是摆脱了文字的束缚，只需"遵奉自己的生命逻辑和思想逻辑"，写出来的文字，只是自我生命自然、本真的表达与呈现，是内在生命的"本来面目"。所以我赞同林贤治所说，精神生命的质量，决定了散文创作的品格，"唯有写散文的人，才能写出人的散文"。

不光是散文，所有的写作都以真诚为依托，好的诗歌，真诚的、"迫切需要表达"的、从生命中喷涌而出的诗歌同样能够超越时代，跨越时空，使我们直接触及生命的本源。《诗经》之所以跨越千古，历久不衰，成为照耀人类的一道精神光芒，正是因为承载了人性之中亘古不变、永恒向往的真诚、真挚的品质、情感与情怀，是无数个虽未留下名字，但却有血有肉的人在偶然的契机与瞬间，不经意中捕捉到的永恒、永在的气息。那的确是源自内在生命的天然质朴的呈现。今天，人类的环境已发生了翻天覆地的改变，光怪陆离之中，我们却更加需要这样的呈现，剥去一切的包装和伪饰，找到自身本来的光芒与照耀——那是一种亘古不息的力量，是支撑人类向前、向好的原动力。

好的文学，因自我写作，无意间又超越了自我；无意于影响或拯救时代，不经意间又对时代产生了巨大的影响和震撼。

源于自我，又必将超越自我，与人性和时代产生更为深广的联结，成为一种撼动人心的力量。好的文学，向世人呈现人性和灵魂的深度，在每一种处境中都能发现并展示美。"文学作为精神的一种隐含的、以至于显现的形式，从真理一开始被置入作品的时候起，美就产生了。这时，作家——'自我遮蔽的存在者'——因作品开启了此在的本质而为自身的光芒所照亮，这种融入作品的光芒，就是美。"而美无以阻挡，带着隽永的气质。好的文学，植根于生命，蓬勃滋长，纯净纯粹，不存在"生命之外的任何附加的赘物"。

然而，"在长达几千年的专制政体的逼拶之下，就整体而言，中国的人文精神是荒芜的"。林贤治先生从士精神与古典文学，分析至"五四"精神与新文学、三四十年代文学、抗战文学、建国后文学，对中国文学精神作了梳理，得出中国文学缺乏精神性的结论。他说"精神性"源自拉丁语，意为"呼吸"。"当一个人的灵魂为它的能量所激发时，便获得了激情、力量和思想深度。""是精神充盈了文学的生命。"然而，是否真如他所说，我们的作家对自身的精神生活以及作品的精神性从来都缺少追求的热情呢？我表示异议。热情是天生的，有者恒有，无者恒无。作家就是生产精神产品的，岂能没有源自内心的热量和热情？岂能抛开自身内在的精神生活而写作？至于历代的作品为何多有扭曲，多有晦涩，那恐怕就是另一个课题了吧。当然，"我们忙于应付和描写向外的一切，而无暇顾及，甚至拒绝思考、反省自己,进入内心"。将人性下降为动物性,只讲肉体,不讲灵魂,也的确是很多文学作品的潜在弱点和致命伤。作品是要随人一起成长和成熟的,只有具备了思考的深度,其根须才能扎得更深、更广。针对中国文学的历史与现状,林贤治呼吁:我们没有理由拒绝学习和吸收世界文学,尤其是西方文学中的个性主义和人道主义精神。这也就是精神还乡,返回到人的存在上来,回到新文学的源头里来,重振"五四"时代的"人的文学"的精神。

他主张文学与现实的联系,提倡关注时代的"当下性"和人类正在面临的境遇,反对将文学"生在别处",没有血脉的涌动,没有挣扎搏击的热情,没有疼痛和悲悯,没有爱,甚至也没有讽刺。"文学大奖照例举行,文学广告漫天散播而唯独不见文学了"。"肯定文学""赞成文学",不是时代所需要的文学,真正的文学,只能是在接受与抵制的张力中进行。他要呼唤的,是"一个崭新的文场"。

他还结合时代,对丁玲、巴金、郭小川等诗人、作家的文学遭际和自身命运作了深入剖析,探讨文学与时代、文学与人性、文学与自由的命题。结合"文化大革命"等历史背景,他试图从中找到一些经验、教训和启示。在历史烟尘中,他看到,"知识分子中,除了技术知识分子可供利用外,人文知识分子基本上在改造和打击之列"。"在文学与政治之间,分歧和冲突向来已久,结果又往往以政治方面取胜而告终。""制度化心理的一个重要提示是：人是生而为集体的，不应当具有独立头脑，必须听命于人的。""无论外在的自由还是内在的自由，一旦失去，就只有无条件服从。中国几千年奴隶根性的养成，就是因为权力者致力于培养恐惧，从天罗地网到不测之威。"而现代文化专制与传统文化专制的不同之处，在他看来，是对外部强加意志的不抵抗，无条件甚至本能地顺从，"从行动到思想、感情、态度，表现出高度的一致性"。

具体到人，他从巴金的《随想录》看到返回便是前进；从丁玲马拉松式的人事纠葛，他看到了文学与政治的融合与冲突；从郭小川"把加害人与受害人、对敌斗争和斗争自赎这样不同的两面叠合到作为一个诗人的人格之上时"的整体表现，他看到了奴性。对于余秋雨，他也很有自己的微词："身在学院高墙之内，却又不甘寂寞，然而，既不能置身于权门清客之列，只好做大众的戏子，将'学术'文学化了。尝试的结果，于是有了《文化苦旅》。"可能由于缘分不够，余秋雨的《文化苦旅》我多次看到，但至今还没读过，因此不作评论。

这些问题，都太艰涩而沉重了。林贤治说，如果作家仅仅满足于告白自己，完全撇开所在的社会环境，"为艺术而艺术"，那就是隐瞒，"如果我们的散文作家可以绕开重大的社会事件和问题，可以逃避良心的质问而源源不断地写作，那么可以说，这种写作只能是机会主义写作"。也许不无道理，但我也想说，能不给写作以沉重的负累吗？能让写作只是回到写作的本身吗？能让作家跟随自己内心的声音做出选择吗？散文作家一定要写社会事件吗？一定要对社会事件感兴趣，而非沉潜于人的灵魂，在心灵的深度上去探索吗？当然，于某些环境和处境下，作家也是无法选择自己的生活的。"当人类——无论范围大小——被屠戮、被践踏、被恐吓、被威胁的时候，最迫切的事情，是对正义和人道的捍卫，而不是美学的拯救。"冯骥才在《天涯手记》中也曾有过现实高于美的论断，这在过去，是曾颠覆我的文学观、美学观乃至人生观的。而今天，我沉默不语，因为人的认识总会随着阅历增长而渐次丰富和打开，世界总是存在着无尽的可能性。

林贤治说，唯有站在人类生存的立场上，我们才能对作家和作品，一切的美学生成物，做出关于优劣的根本性判断。让文学同人类一起受难。"这种具有内聚力的文学，苦难的文学，永远作为一种挺立的、抵抗和自我支持的实体而存在的文学是有力量的。"根据各自不同的境遇，我想，或许没有唯一正确的标准或判断，苦难乃至苦难文学，是在触及苦难的时候产生的。刹那间我甚至天真地想，苦难文学的不再存在，难道不正是文学乃至人类的理想吗？而作家、文学家总是抱着向善、向好的理想。在这个问题上，刘再复先生和女儿刘剑梅曾有过一段耐人寻味的对话，又表现出两代人思想认识的差异。刘再复认为文学作品的"大气"与"小气"，往往与作者是否经受过磨难有关，而刘剑梅的态度则是既拥抱苦难又超越苦难，并不希望自己完全陷入苦难之中,并且强调"这一点是非常要紧的"。也许是上一辈人经受的苦难太多了,苦难已经成为他们生命的一部分;也许是顺境中的年轻人尚未品尝过苦难的味道,苦难的话题在苦难来临之时谈论才更显示出它深刻的一面。

  当然,不可否认,作家并非生活在真空中,作家及其作品的命运,很多的时候在外在的环境中沉浮不定。"对于文学来说,社会制度是带有决定意义的。制度不但可以对作家的组织、作品的出版与流通做出具体的规限,它还可以通过教育、舆论、奖惩等等手段营造一种合适的社会氛围。这种氛围就像气候之于农作物一样,与土壤、水分、养分一起,培养出不同质量的作家与读者,从而决定了文学的品质。""制度不但可以迫害作家,禁止和限制出版,还可以构成无形的压力控制人的灵魂,扭曲心灵,扼杀个性,内化为一种奴隶精神:卑怯、顺从、麻痹、死气沉沉。所以,只要存在专制的条件,无反抗而奢谈自由或自由主义是虚伪的。"林贤治强调个性的意义和价值,认为应该颠倒过来,"个性不是社会的一部分,社会则是个性的一部分"。个性具有社会根本无法达到的深度。过去在一篇文章中,我读到"诗意的深度"就曾颇有感触,今日又有"个性的深度",亦颇受启发。"优秀的作家,必定是具有优秀个性的人。他与人类社会有着深广的精神关联。"

  然而对于当代文学,他基本上是失望的,认为当代文学并非如王蒙在法兰克福书展上所说的那样,达到了前所未有的高度，而是"达到前所未有的低度"。"今天，我们优秀的作家已经变得像白鸦一样罕见，几乎所有作家在精神上道德上呈现出衰退的趋势。他们不但无法在读者中点燃灯火，更没有能力制造新读者，反而跟在过去积聚下来的越来越多的读者后面，摇旗子，凑热闹，沉浸在集体的狂欢中去了。今天的读者是什么样的读者呢？主要成分是从阅读《花季雨季》到阅读《中国人可以说不》的中学生和大学生，他们缺乏正常的人性教育和美学教育，不具备宽广的知识和思想视野，缺乏理想，缺乏人生经验，缺乏献身社会的热忱。他们陷身于教科书、电子游戏和一些无谓的活动之中，向往前途远大的官吏和腰缠万贯的企业主生活；对民间社会毫无兴趣，对自由民主思想及其发展的历史一无所知；也就是说，整个群体是畸形发展的，幼稚的，狭隘的，随机的。"他说："我们把所有一切的欠缺、遗憾和希望，都留给了叩门而入的21世纪。但是，经验告诉我们：乐观主义是要受惩罚的。"这悲观的调调里，有着孙郁的灰暗。

对于到来的，我们无法回避。那么，让我们沉思、面对，聆听并跟随内心的声音吧。（《文学与自由》，林贤治，复旦大学出版社，2014年9月第1版第1次）

2016年3月4日至5日，北京家中

芒鞋破钵无人识
——读苏曼殊《苏曼殊诗集》

这个集子收录了苏曼殊的一百四十六首诗。读他的诗，无法不联想和感知到他的身世，诵读之时，从始至终被一种复杂心绪缠绕着。

一百多年前，其父和父妻的妹妹私生下他，之后亲生母亲隐去，他受尽苏家冷落，那是他可以选择的吗？十二岁削发为僧，遁入空门，那是他愿意的吗？在情与禅、禅与情之间几度踌躇挣扎，他真的跟随了内心的指引吗？生命的深处有着太多的迷雾，而更多的时候，谜底无从揭晓，斯人已去，将一切都留给了后人评说。

> 春雨楼头尺八箫,
> 何时归看浙江潮?
> 芒鞋破钵无人识,
> 踏过樱花第几桥?

这首诗也许最能代表他的心境,概括他的生平。孤独惆怅中,读不出僧人的欢喜超脱,而我相信,这才是性情深处真实的苏曼殊。

> 乌舍凌波肌似雪,
> 亲持红叶索题诗。
> 还卿一钵无情泪,
> 恨不相逢未剃时!

他的诗于不经意间流露了自己的心情际遇,亦记录了自己的情爱心痕。他被冲动牵引,又被理性控制,是不可预知的生命能量驾驭着他,还是身上的袈裟禁锢了他?我同意邵盈午在代序中所说,他的诗超逾了"凡"与"禅",甚至超逾了文本所展示的特定时空。在诗中,他不避讳真实的内心。

有人说苏曼殊是"中国诗史上最后一位把旧体诗做到极致的诗人",是"古典诗一座最后的山峰"。而这高峰、这极致,不是刻意而为的,而是自然流淌的。人们在他的诗中看到天分,而天分,或许只是一种经历、一种苦难,或者说只是一种经历或苦难的抒发通道。他只能那么活着,他也只能那么写诗,即便如此,恐怕仍难穷尽他的心音。柳亚子看到"他的作诗,全不用心做作,全靠天才",这貌似轻松的表象中,不知蕴含了多少沉重的日夜和悲苦的际遇。当诗人沉到了心灵最深处迸发出优美词句的刹那,究竟有几人和他在一起?

在他三十五岁与这个世界作最后的告别之时,给世界留下了八个字:一切有情,都无挂碍!而于"都无挂碍"的弥留之际,他将"僧衣葬我"当作了自己最后的依托。

邵盈午先生在每首诗之后也以多出原诗数倍的篇幅加了注,但我想,如若能够读懂一点诗中的意味,还是不要看注释的好。如邵先生在后记中所疑惑的:对一首诗的"背景分析",果真就能准确理解诗歌的意义吗?"背景分析"果真是一把能打开诗歌意义大门的万能钥匙吗?尤其对于"非僧非俗""亦僧亦俗"的苏曼殊,其诗歌有着深刻的个人化的表达方式,并与其生命融为一体,"远非'政治'二字或某种'背景'所能涵纳"。而任何一个人的生命,当沉到最深处时,都无法为另一个他人所解读。正是这生命的独特性,使他的诗历经百年之后,仍然吸引了众多的后人叹赏评说。然而无论他人如何评说,苏曼殊永远都只是彼时彼地无人能解的"那一个"苏曼殊。

书的最后还加进了许多人的评述,众说纷纭,但我想,那都已是与他无关的了。

倒是在他的生平记叙中,看到几次他和生母河合若的会面、出游,让作为读者的我的心中,稍稍感到了一丝暖意。

(《苏曼殊诗集》,苏曼殊著,邵盈午注,北京出版集团公司北京十月文艺出版社,2013年11月第1版第1次)

2015年9月18日北京家中、紫竹桥

抑郁踌躇，踯躅徘徊

——读王国维《一生最爱人间词：为伊消得人憔悴》

一本《人间词话》，道尽了古诗词的精髓雅韵，国学大师王国维先生在词学鉴赏方面的境界了得！鉴于如此的学养与造诣，他填词数百首就是一件自然而然的事了。这本书收录的就是王国维先生自己创作的词，各类词牌大约百余首。

"霜落千林木叶丹，远山如在有无间。""官书坐会岁将阑。更无人解忆长安。""人间总是堪疑处，唯有兹疑不可疑。""乍调筝处又回眸。留摩留。留摩留。"从工稳、严谨的角度，这些词应该无可挑剔，从格调、境界的角度，这些词不容怀疑，从真情实感的角度，这些词也无可厚非，然而不知道为什么，我读后却有一种感觉，觉得词人满腔才情，似又不得发挥，时时拘谨、困扰在彷徨悱恻的情绪中,不见舒展。那些词句虽不至过于伤怀,却也几无振奋,整本词就在一种平平淡淡的氛围里徘徊酝酿着,非豪迈亦非婉约,欲豪迈而又囚于婉约,心地率真坦荡,而又犹豫踌躇,胸中志存高远,而又无法飞扬,读来有种压抑的不过瘾感,欲共鸣而无法共鸣。

即便如此,我们还是应该理解词人。词,在一些时候或许只是某种寄托,只是彼时彼地被词人找到的一个便利的工具,它所传达的所有气息都是彼时不可更改的真实存在。我们无法推翻或否认词人那一刻的心灵轨迹,无论它是悲伤的还是喜悦的,都是真实的存在。包括诗词在内的一切文学,最宝贵的就是这番不加雕饰的真气。结合词人一生的命运与遭际,我们就会发现词里所传达的一切情绪其实都是适当与合理的,每一个句子所传达的气息都孕育于词人的生命中,与彼时词人的境遇相呼应。从这个意义上讲,那些词,或许并非是词,而是词人生活和生命的写照。在亲人相继离去之时,他还有什么可以依托?他还有谁可以倾诉?彼时的词句是种稀薄无力的东西吗?无力到仅仅是聊胜于无吗?而这稀薄的东西,终是无力支撑起他忧郁的生命,在他五十一岁的时候,选择了毁灭。这些词句,也到此打住了。然而,这是一件多么令人惋惜的事!

虽然,在彷徨的人生中,他实际上还保有对美好生活的追求与向往,在一首《浣溪沙》中,他写道:"一生须惜少年时,哪能白首下书帷。"这与我彼时的心境相契合,即兴呼应:

"今朝虽非少年时，不愿白首下书帷。"时光被书籍占据，内心虽然喜悦，但也认识到读书不是人生的全部，当一种生活被放下，另一种生活才会进来，新的启示才会出现。也许我也该合上书本，开始一段新的旅程了。

在本书的最后面，编者附上了王国维先生的《人间词话》，重读了一遍，感觉依然隽永。（《一生最爱人间词：为伊消得人憔悴》，王国维，天津教育出版社，2012年8月第1版第1次）

2016年1月19日，北京家中

五千年文明五千里路
——读比尔·波特《黄河之旅》

我家就在黄河边,对黄河有一种特殊的感情。前不久在北京国际书展怀着好奇心买来这本书:老外写黄河会写成什么样子呢?

本来是抱着看热闹的心态,没想到翻开书本,从一开始就被里面丰富的史料和厚重的人文气息震撼了,原来作者是一个中国通啊!

五千年文明五千里路,二十年前,美国人比尔·波特从上海出发,自黄河入海口逆流而上,沿途经过青岛、蓬莱、临淄、东营、济南、泰山、曲阜、开封、郑州、嵩山、洛阳、三门峡、芮城、韩城、延安、榆林、呼和浩特、银川、青铜峡、临夏、日月山,一路追溯到黄河源头。而每到一站,他都不舍得错过周边的每一处古迹。在临淄,他花五元钱坐农民的拖拉机到"孔子闻韶处"凭吊。在济南,离开千佛山,他继续到南郊的柳埠镇去拜佛。在泰山,他说:"游泰山不游灵岩,不成游也。"在曲阜,他努力想象着孔子讲学的情景:"学而时习之,不亦说乎?有朋自远方来,不亦乐乎?人不知而不愠,不亦君子乎?"在邹城,他拜会孟子,顺便拜会千余年前李杜曾同时下榻的石门山。想到孟子的妙语,他忍不住说:"每天给我一段《孟子》吧。"在开封,他到北郊的黄河边去看镇河犀牛,知道"把它放在那里,是为了防止黄河发洪水"。理由是,牛性属坤,而坤属土,土可以克水;《周易》上说,"坤者,顺也"。一个老外能理解到这一层,用眼下时髦的话说,我也是醉了。在郑州,他说:"为了表明我与黄河龙的关系和谐吉祥,同时表明我尊重它们内在的神性,我敬完香,又上了钟楼撞了钟。"在登封东南的告成镇,他寻访中国最古老的天文台——周公测景台,领略三千年前"日晷"的智慧。在敦煌,他回望丝绸之路和龙门石窟的来龙去脉,吟咏白居易的《长恨歌》。在三门峡,他追溯母系氏族和父系社会的故事,认为"战争不是男性的被迫行为,而是主动行为,是男性荷尔蒙使然"。在韩城,他"拜会"司马迁时,想象如果司马迁活在今天,会和他一样坐巴士出游。两位寻幽访古人,也许会有缘万里,相逢在旅途。在夏河县,他美不颠儿地"淘了一张特别古老、特别可爱的佛教唐卡。"一路上,他还拜访了禹王台、朱仙镇、仰韶村、龙门、壶口瀑布、宜川、红石峡、成吉思汗陵、贺兰山、古长城、沙坡头、拉卜楞寺、倒淌河、青海湖、玛多县、扎陵湖、星宿海……太多太多了。河流山川,三皇五帝,他都看了一个遍,将华夏瑰宝全都翻腾出来,如数家珍地一一道来,告诉读者《道德经》是怎样在函谷关写成的,毛泽东在哪一个窑洞里告诉安娜·路易斯·斯特朗"一切反动派都是纸老虎","鲤鱼跳龙门"是出自哪部著作的哪一句话,永宁寺是怎样随着建它的王朝一起灰飞烟灭的……说实话,这书比中国人写的游记更有"料",更有细节和角度,他似乎也比中国人更懂历史、爱文化。当颠簸的长途车上别人都在睡觉或看肥皂剧的当儿,他的眼睛却在窗外四处搜寻,生怕遗漏了任何一处人文迹象。当他轻车熟路地去到我从未听说过的犄角旮旯,将埋藏在尘烟深处的历史典故一一拎出来,我很惊奇他的这些知识是打哪儿来的。他从上海出发,也不是毫无缘由,据他所知,历史上的黄河入海口曾经在上海、北京附近,这令我十分惊讶。

谙熟之外,他的观察还带着一个外国人独特的视角。黄河两岸的景观,时不时让他联想到他的家乡——美国的马萨诸塞、亚利桑那;看到中国的《聊斋志异》,他联想到美国的《汤姆·索亚历险记》,认为二者有着相同的地位;看到黄河上高高的堤坝,他联想到中国"以史为鉴"的古训,说中国人早已遗忘了"疏"而非"堵"才是大禹治水的全部秘诀,"很显然,他们不再阅读本民族的历史书";看到"孔子""孟子",他联想到其英语译名和由此引发的典故;看到自古很多隐士选择在大山中度过一生,他说他们在那里寻求精神本源……听到中国人说禅,他说:"禅"在现代汉语里是冥思的意思,但实际上又比冥思的意思要深得多,很难说明白它到底有多深。哈哈,我想,即使他心里明白,也被应该如何表达给弄糊涂了吧?而当他站在黄河在山西和陕西的交界点时,实在搞不明白"山西"和"陕西"究竟有何区别。

不过,这老外特能入乡随俗。在泰山中天门,爬山爬累了的他在一个摊位坐下,"旁边的几位游客正在吃东西,看着吃得挺香,我却不知道他们吃的是什么,于是也要了一份,原来是又热又辣的豆腐脑。真好吃!天寒地冻,口干舌燥,吃完一碗,我又要了一碗,还是觉得好吃"。在银川,他"想办法买了一张火车硬座票,没买上卧铺票。不过在中国,只要上了车就有机会"。在去炳灵寺的途中,他"买了土豆芹菜馅饼,在船上又买了两瓶啤酒。啤酒配馅饼,真是绝佳的'黄河野餐'"。读到这些,我不时发出会心的微笑。在去嵩山的途中,他说,大多数时候在中国坐长途车,你都要看好行李,因为一不小心小偷就会为你"减轻负担"。就在这趟长途车上,睡一觉的工夫相机就与他不辞而别了,之后他便再也不敢睡觉,"一只眼睛看着窗外的景色,另一只眼睛紧盯着我的包"。

他的性情中还有着一丝裸露的天真、欢快和明亮,不乏美国人的诙谐和幽默,很阳光。在黄帝的后裔——少昊墓旁,他看见几个孩子在塔顶上欢呼雀跃,便说,"我也想爬上去试试,但我费了吃奶的劲儿也没上去,最后只能放弃"。走出拉卜楞寺,"才过了午后,时间尚早,我躺在一大片即将发芽转绿的枯草上,在初春的气息中,很快便睡着了"。在郑州的旅馆,"在房间里安顿好行李,我打开窗户,俯瞰楼下的小花园,里面种满了正在开花的樱桃树。我快速下楼,买来两瓶啤酒、几袋锅巴,以及一根像热狗一样的腊肠。带着这些,我迈出窗户,来到一米宽的水泥平台上,坐下来享受春天"。在榆林,他头晕发烧打冷战,大夫给他打了两针,他说,我没问他打的是什么针,管他呢。症状消退了,他还是没搞明白自己的病因何而起,最后他说,得了,就叫它"黄河流感"吧。在颠簸的旅途中,"火车在前进中有节奏地摇晃,我惬意地躺在卧铺上,就像婴儿在摇篮中一般"。

在途中,他也听到、看到、想到许多悲情的故事。比如在郑州,他想到蒋介石因为战争曾炸掉黄河大堤,导致数百万人死亡。在渭河流入黄河的地方,他知道在古代,这里每年都有一名少女坐在草垫上,作为献给河伯的祭品放入河中被冲走……他说:"我始终不理解他们为什么要那样做,在所有的生物中,为什么只有人类才那样残忍地对待同类?我找不到答案,我想任何人也找不到答案。"在黄河源头,他看到一队中国探险家在1987年立的一块石头,之后他们就乘着木筏顺着黄河漂流，计划漂到大海，"后来我才知道他们没能完成这一壮举，在西宁以南龙羊峡大坝一带，他们被湍急的黄河水所吞噬"。这些都是令人遗憾的事，在历史和大自然面前，人类向来显得脆弱而渺小。

黄河，从我家所在的菏泽东明城边流过，比尔·波特在书中写到菏泽并看到过菏泽牡丹——只是路过，除了车窗外一大片尚未开花的牡丹，并未详细提及其他。而他一路所去的不少地方，比如上海、青岛、东营、济南、泰山、曲阜、开封、郑州、延安、呼和浩特、银川、中卫、兰州等等，我也曾去过，就在几个月前还去了趟渭南，因此读起来倍感亲切。他的游历和解说给我以往的行程做了有益的补充，如果不是读他的书，我还不知道在青海湖一带，流入黄河的水一度是海水，"两百万年前，青海省的大部分地区淹没在大海中。随后亚洲大陆从海面崛起，形成了无数山脉。山脉中的海水向东流入黄河。可是在大约十三万年前，日月山拔地而起，阻断了这一地区海水的流失。这些流不出去的海水便形成了巨大的青海湖"。而几年前我随旅行社站在青海湖边的时候，只是看到了湛蓝的湖水，却怎么也望不到它历史的深处。我虽长在黄河边，对黄河的了解却未必十分透彻，比尔的黄河之旅，丰富和加深了我对黄河的印象和感情。当然，他的黄河之旅也有他的局限，比如在他没去过的西安的碑林，我就曾欣喜地遇到收藏于此、已有残缺的黄河图，如果比尔去了那里，他也会感慨、振奋的吧？

而让我更感亲切的是，昨日在北京至济南的G55次高铁上捧读此书，恰从黄河上穿过，是晚在黄河边泉城的家中读毕，倍儿有感觉，大概这就是冥冥中的机缘巧合。

和这"黄色巨龙"一路相伴，他未作片刻停息，从黄河的黄，看到黄河的清，记住了黄河哪里最宽哪里最窄又在哪里拐了几道弯，直到濒临黄河源头之时，他的车陷入了泥潭，而他不听劝阻，执意只身穿越约古宗列盆地。在海拔四千五百米的荒野，他听到了黄河的召唤，那一刻是动人的，也是艰难的。最后一个向导决定陪他去，然而"我们艰难地跋涉着，前面有多危险还不清楚。难道真的会'出师未捷身先死'吗？不！虽然出师不利，但我坚信今天一定是伟大的一天"。在空旷的荒野未有参照的情况下，没想到"近在眼前"的黄河源头走起来是那么遥远。向导退缩了，他让向导回去，自己决定"玩命一搏"，向导拗不过他，只好跟他一起走。然而空气越来越稀薄，他几乎要走不动了，说不出一句话，大口大口地喘气，向导又劝退，他还是不听——"可是没过多久，我就后悔了，冲动是魔鬼啊。每往前挪一步，都是那么痛苦。我的肺无法换气，我的双眼无法聚焦。我转向向导，告诉他我受不了了。可这次他却反过来鼓励我坚持到底。我们俩不得不跪倒在地，只为了呼吸更通畅，可实践证明这毫无作用。我们只得重新站起来，机械地迈动双腿。在意识模糊、不知不觉中，我们竟然神奇地跨过了山脊。看到黄河源头了！石碑、牛头标记，对！就是这里。我们到了！

是的，我们到了，终于到了。牛头碑上写着'黄河源头'四个字。此时此刻，千思百感一齐涌上心头。可是我太累太累了，没力气笑，也没力气哭，只是和向导互拍了照片。"

　　这是一种怎样的精神啊！在这本书里，他留下了许多的照片，那是他追溯黄河文明的见证，亦是珍贵的影像资料。经过了这番游历，黄河已经深深地铭记在了他的心里。从黄河源头胜利返程的那一刻，他思绪万千，过去两个多月的日日夜夜在他的脑海中一遍遍回放。他说："别了，约古宗列盆地；别了，黄河源头。我始终会记得你——伟大的黄河，孕育了五千年中华文明的黄河，奔流到海五千公里永不回头的黄河，我两个多月来魂牵梦绕的黄河。"

　　读到这里，我忍不住想要致敬。而当看到书后所附他的《空谷幽兰》《禅的行囊》《心经解读》《六祖坛经解读》《丝绸之路》《彩云之南》等书目时，我却忍不住要留存待购了。(《黄河之旅》，比尔·波特著，曾少立译，四川文艺出版社，2014年7月第1版第1次)

2015年9月20日济南家中

三晋风物，千古传承
——读晋旅主编《山西故事》

　　读完这本书，可以列一份长长的旅游计划了：上党堆锦，孝义皮影，大同铜器，绛州澄泥砚，侯马蝴蝶杯，晋南花馍，平遥牛肉，壶关羊汤，汾州核桃，稷山麻花，天塔狮舞，清徐铁棍，宁武泼水节，河东"抢亲戚"，临县伞头秧歌，山西老陈醋，洪洞大槐树……每一个地方、每一种民俗都有历史、有故事，每一样遗存都能追溯到三皇五帝、康熙慈禧，将山西风物融入黄河流域的华夏文明大背景中，更见其浑厚悠远、长久不息的魅力。

　　难能可贵的是，这书由言简意赅、独立成篇的千字短文构成，穿插喜闻乐见的历史典故，是通俗易懂的大众读物，但又没写成枯燥呆板的旅游手册；写尽了三晋的风物情怀，又不给人冗长乏味之感。

当今，在激荡的社会变革面前，在凶猛的商业大潮冲击下，华夏大地延续了几千年的民俗文化也正面临严峻的挑战，哪些民族精粹需要得到保护和扶持，哪些民间智慧应该得到传承和发扬，是值得认真思考的问题。这本再现千年民俗风物的《山西故事》无疑是山西历史、文化传承的载体之一种，它将山西的传统技艺、地方风味、乐舞社火、岁时节令、庙会信俗尽可能地搜罗出来奉献给读者，也记录在案，成为历史的一页。

而书中的很多故事，又不完全局限于山西。人类的发展史也是迁移史，不知道在哪个地方、哪个细节，某个人或某件事就与我们自身发生了联系。看到洪洞县的大槐树，我想到很多年前在山东，曾经看到姥姥家的家谱上写着姥爷家的崔姓祖先就迁自山西洪洞县，那么我的血管里，不是也流着山西人的血吗？而在大槐树的祭祖堂里，供奉着所有从大槐树下迁出去的上千姓氏牌，移民的子孙如今据说已有两亿多。看到被乾隆称作"猫耳朵"的山西面食"圪搓面"明清时传到陕、冀、鲁、豫和江西，我想起，那不就是小时候在姥姥家吃的"面鱼儿"吗？若非在这本书里重新看到，它几乎被尘封在久远的记忆里了。看到山西的泡泡糕，我想起，那不就是我在家门口一家叫"晋老乡"的饭馆里吃的黄米年糕吗？看到山西的竹叶青，想到那不就是小时候山西的姑父送给老爸，在我家一直摆着的包装精美的那瓶酒吗？正如洪洞县大槐树的枝杈虽已移植到全国乃至世界各地，但它的根依然在那里，人类发展虽已历经了千万年，维持人类生命活力的文化根基永远不能被割断。

当看到临县的伞头秧歌时，我简直是被迷住了。举花伞的"伞头"走在前面"现炒现卖"，把周围的人和景都即兴编成口中的唱词，且走且唱，见啥唱啥，那是一番怎样的情景？尤其是伞头相逢，必有好戏，互相对唱，"可从日出东山唱到日落西山"。这种即兴创作，唱词永远新奇，听众永远无法预知它的内容，期待和惊喜同在，这难道不是民间文化的活化石吗？而河套地区的二人台《走西口》，唱的则是明末清初至民国期间山西大移民的血泪悲歌，同样让人唏嘘。

还有很多民俗文化和民间工艺，是经过几代、十几代的摸索、发现和传授才得以和我们相见的，带着世间的悲欢和古老的人文气息。在书中，我们看到上党堆锦、平定砂锅、晋南花馍等被列入非物质文化遗产名录或保护项目，还有少数热衷民间文化的人士在为抢救或找回侯马蝴蝶杯、绛州澄泥砚等民间文化遗产而不懈努力着。不要小瞧民间艺人，但凡做到极致的，都是独一无二的创造，如书中谈及的郭杜林糕饼，"揉面不仅需要娴熟的手感，还得有敏锐的悟性，这是郭杜林月饼制作的独门绝技"。即使手感可以把握，"悟性"也难效仿，这便是民间手工艺的价值所在。而民间工艺往往又与百姓的日常生活密不可分，很多的发明和创造都是从生活中来，并在不断的应用中得到改进和提升，貌似平常，却历久不衰。如编者在写怀仁陶瓷的"碗窑"时所说，"平凡的东西或许是最重要的东西。即使人们司空见惯，但这一平凡的东西因为属于平凡的生活中不可或缺之物，而有了长久的生命力"。

去年曾经到山西游历，但事先并未对山西作充分的了解，到得恒山脚下，我们怎么就没有去尝尝那里的浑源凉粉；到得五台山，我们怎么就没有尝尝被乾隆称道的万卷酥；到得大同，我们怎么就没有领略一下那里的特色火锅"夫妻美""合家欢"和"庆宾朋"呢……

来日方长，还有机会。

王亚新在"写在前面"的话中说，《山西故事》的创意原始而简单，就是想在浩瀚的历史时空中，撷取那些时光凝成的精华，把发生在这片土地上的最重大的历史事件、最重要的历史人物、最典型的历史地理变迁和传承至今的文化风物，用小故事的方式呈现给读者，让读者在愉快的旅途中、茶余饭后的闲适中、忙碌工作的余暇中，轻松地了解中国山西，读懂中国山西，爱上中国山西。他们的目的达到了！

这书本是在政府的倡议下编写的，但却少有政治口号，多有文化内涵，愿这样的读物再多一些，其他地方，比如我的家乡山东，是否也来一本呢？（《山西故事》，晋旅主编，山西人民出版社，2015年5月第1版第1次）

2015年9月22日，成都沃特酒店

沿着文学的足迹

——读王充闾《域外集》

这不是一本游记，而是一本以文学为主题的参访集，是作者多年来以作家的身份参访欧美和亚洲等二十多个国家的见闻和思考。他的访问没有离开文学，他的书写也始终没有离开文学的主线，其中有对世界文豪、大家的追忆与缅怀，有对不同时代文学现象的分析和思索，间或记述一些旅途中的奇闻逸事，使他的域外旅程变得深邃而独特。

在俄国，在亚斯纳亚波利亚纳，他"遇见"大作家、思想家列夫·托尔斯泰。把名利、财富和世间一切诱惑都看成沉重十字架的托尔斯泰，为了心中近似乌托邦的理想，自愿放弃贵族身份，一生与平民同甘共苦。在他的内心，坚持着自己的追求和信仰，相信消灭强暴、用爱统治一切的时代不可阻挡地必将到来。虽然世间追求光明与爱的道路并非他想象的那样一帆风顺，但文学家的愿望是高尚的，动机是纯洁的，人类的发展离不开文学和精神的引领。

在德国，在美因河畔，作者回顾了青年歌德的缠绵往事。一度在恋人与诗性人生之间徘徊的诗人歌德，彼时彼地"既真诚地爱恋着丽莉，又不肯舍弃诗性人生"，演绎了一段荡气回肠又缠绵悱恻的爱情故事。然而任何情况下他都没有背离诗歌，而是遵循了内心给出的方向，让诗性与人性都得到了极致的表达。没有人性便没有诗性，情感和诗歌他都不能放弃。一度在政治角色和诗人本性间权衡游移的官场歌德，也从未背离自己的灵魂和理想，跟着诗歌的导引行走，"给人带来重新回归本真自我的可能"。

在英国，在哈沃斯，他"邂逅"勃朗特三姐妹，体会至善至美而又饱含辛酸的艺术人生和完美人生，深切体会"一部作品乃是作家心血的结晶、灵魂的副本，是一个激情过于饱满的心灵的不可抑制的外溢"，感叹"艺术的力量说到底是生命的力量，任何一部成功之作，都必然是一种灵魂的再现、生命的转换"，看到三姐妹的创作激情并非全部源于人们的可视境域，而常常是出自有待后人深入发掘的最深层、最隐蔽也是内涵最丰富的内心世界。

追随格林兄弟的足迹，作者先后来到他们的出生地哈瑙、童年居住过的施泰瑙、"小红帽的故乡"阿尔斯菲尔德、《狼和七只小山羊》的诞生地沃尔夫哈根小镇等十个地方，在迷人的童话和美丽的幻想中领略文学的魅力，"获得了宝贵的艺术滋养和精神享受"。

文学是关乎人类、关乎梦想，关乎生命、人性和真善美的事业，即使文学家逝法，他们的精神依然散发着光彩，他们的影响依然深入人心，他们的灵魂依然以任何经意或不经意的方式感染、激励着他人，穿越时代，穿越时空，与身边的你我作深入的碰撞与共鸣。

除了文学的追索，非常规的旅行路线又给作者带来许多新奇而难得的发现，使他看到贝加尔湖晶莹剔透的胎生贝湖鱼，挪威首都奥斯陆的人生雕塑公园。他到太平洋的复活节岛去探寻"天问"，到阿根廷和巴西领略探戈和桑巴，在秘鲁的荒漠之上对着神秘的"纳斯卡线条"由衷感慨……这一切丰富了他的识见，也为他的写作积累了素材。

让文学的笔，为世界留下一点印迹吧。

2015年5月29日，北京

文学,永恒的存在
——读张炜《回眸三叶》

今天热衷于谈论文学的人已经很少了吧?张炜在《回眸三叶》中收录的那些90年代写就的文章里谈及文学,"在人类历史中,有些价值的确是永恒的,比如文学"。可见他对文学的称重。而今天,就在我从书架上抽取这本《回眸三叶》的时候,发现纸老虎书店"随笔"类图书的空间已被实用书籍挤占,小得不能再小了。

这是文学的悲哀吗?

而我也相信,作为存在于人的精神和灵魂之中、跨越了千万年的唯美而崇高的东西,文学不会消失。

张炜说:"现在正是需要文学的时代,需要文学来启示和倾诉,表达人们生存的意义和危机。""文学通向信仰。""一个知识分子的命运与民众的命运在深层上是结合紧密的。""一个社会尤其不能让年轻的知识分子,特别是艺术家失望。"

他同时说:"真正意义上的文学是非时尚的、个人的、朴实的、拒绝两种大流的、抵拒一切普遍达成的妥协的。它在坚持自己的方式,表达自己的发现。"有些时候,或许文学真的是寂寞的,但同时又是坚实而沉着的,它不需要被热捧,却自有它的价值存在,因为那是关乎心灵的东西。而一切的飘浮最终都要回归。

在书中,他还对"作家"进行了探讨,认为"在一个民族、一个省份中,可称之为'作家'的人从来不会密集如蚁。作家是点燃精神之火的、有信仰的人"。对照现世,我怎么感觉这是一个"作家"满天飞的时代呀?但凡写了一两本书,就自称"作家"乃至"知名作家",遇到如此"知名"的作家,为了不显示自己的"无知",也为了给他留足面子,常常还需去百度或谷歌搜索,看这"知名作家"到底何许人也。张炜说,"那些一味打扮自己、推销自己的人,是很不让人放心的。我们总担心他要把很坏的什么兜售出去"。而今天,打扮、推销并兜售自己的人——包括"作家",不是比比皆是吗?有人恨不得将所有美好的词汇都用到自己身上,而我怎么觉得对自我的过度宣扬和夸赞恰恰适得其反,会遭人厌恶呢?张炜说:"只有不自重的人才一味追求发行量。那是一种单纯商业性的要求,而作家不是商人。"而对名利的企图心真的可以压过廉耻吗?回想过去的一代大师和那些真正的大家们,越是成功,越是谦恭,真正彰显出大家的底蕴和底气,而今天的"家"们,怎么感觉那么仓促和迫不及待呢?

写作是对生活和心灵的一种表达和阐释,张炜主张"让作品流露出最真实的东西"。他认为:"文坛上所有真正干得漂亮的那些好手,都是用心写了一辈子。如果只用脑不用心,就不能真正成为这个行当的好手。""人生是美好的,自然是美好的,其中包含的悲哀和痛苦是美好的。""健康的人,即便衰老了也仍然拥有强大的爱力。""歌颂真正的爱,歌颂大爱,永远是一个作者的本分。""有爱力的人是最终不可忽视、也不会被淹没的。""那些冰冷如铁如枯木的人,他们极有可能是些'完人',但没有激情,没有魅力,没有值得让人记忆的东西。他们没有真实地、骄傲地活过。""好的艺术家是非常内向的、自尊的、不妥协的,他们不会出卖别人,更不会出卖自己。""一个有才华的作家,无论怎么写都有巨大的魅力。""'形式'只会激活某种东西,而生命力更长久的,还是内容——是综合展示的才华,是作家自己灵魂的质地,是他品格的力量。""理想,人文情怀,这一类好东西作家非常需要,永远需要。"

他说:"杰出的作家与那些一心要娱乐民众的作家是有本质的区别的。如果仅仅是让自己变得'喜闻乐见',那就太廉价了。""一切艺术最后的竞争都是人格之争，人格没有那种高度、那种力度，绝不会获得相应的成功。"

也许一切的文学和艺术都是与诗相关联的，在他的心中，依然存有很多诗意的情愫："所有艺术的本质都是诗。诗是灵魂的凸现。""一个人葆有感动的能力，往往会比较纯粹，也才有可能是一个诗人。""杰出的诗人不会太多。但我们坚信在这个任意释放和挥发的时代，在一个人口众多而又不断超生的民族，他们终会出现。"

然而在这诗人和诗一同没落的年代，他发出"诗人，你在哪里？"的感叹，责问："诗人，你为什么不愤怒？你还要忍受多久？快放开喉咙，快领受原本属于你的那一份光荣吧！你害怕了吗？你既然不怕牺牲，又怎么能怕殉道？！"继而又说："我不单是痴迷于你的吟哦，我还要与你同行！"这悲壮的固执是让人尊敬的。

而张炜毕竟是一个写作者，不停的笔耕是他日常的生活。书中还讲述了他工作中的一些温暖际遇，比如他需要并且总能找到适合工作的居所：在大山里，他捡了一处废弃的山屋，把它打扫干净，将手头的工作如数移来，"享受另一种幸福"；当"需要找一个临时的安静地方"时，他被带进一座破败小屋，虽然积满了尘埃，但经过一番洒扫，他说这是一个奢侈的富足之所；当在渤海湾的一个小岛上偶遇草屋，他滋生了"我一定要设法在此更久地待下去"的想法，并且他就真的待了下去……读到这里,我似乎也感受到做一个自由的写作者、拥有一份简单的生活是多么幸福。(《回眸三叶》,张炜,中国社会出版社,2006年10月第1版第1次)

2014年3月24日,北京

文学，人类永久的召唤
——读舒晋瑜《说吧，从头说起》

莫言，王蒙，贾平凹，韩少功，铁凝，王安忆，严歌苓，陈忠实，苏童，张炜，迟子建……单看这个名单就知道，舒晋瑜在这本书里采访的都是些文学界有分量的人物，从他们的口中，展示出当代文学的面貌和处境，以及作家独特的思想和心路历程。

作家是一个思想自由、富有个性的群体，也是一个真诚、可爱的群体，在纷繁复杂的社会中，他们感受着周遭，又固执地坚持着自我，聆听并跟随内心的声音。正如铁凝所说："写作是完全自主的选择，没有人强迫你写或不写，你写是因为写作能带给你快乐。""当我不想写的时候，为了表示对文学的尊敬不硬写，硬写没有意义。"方方的表述更为直接："作家应该始终遵循自己内心的原则去写作，一个优秀的作家应该坚持为自己的内心写作。"格非认为："作家的写作完全是根据自己的经验，依据的是自己的文学标准。"以一部《白鹿原》奠定了文学界地位的陈忠实的表达也很朴实："我只是尊重自己的生命体验和艺术感觉，最终能形成什么样的作品，那就写个什么样的作品献给读者。"这和张炜的思路也是一致的——"作家只有顽强地追求自己的标准这一条路，而不必挂记阅读大众是否认可。"王安忆说："作家无论写或不写，都必须是诚恳的。"

　　作家向来是诚恳的。当然，这里说的作家是为人信服、令人尊敬的真正的作家，顶着"作家"头衔徒有其名或沽名钓誉的除外——当今这样的"作家"或不乏其人吧？写一两本书就敢称自己为"作家"，为增加书的销量就面不改色地称自己为"著名作家"，这样的人我是不止一次看到过的。他们大概不明白张炜的话，"文学从来不是个销售问题，而是时间的问题。大概至少要有一百年才能检验出艺术的好坏和真伪吧"。也不明白莫言所说："在中国，作家的高尚地位，基本是某些作家的自大幻想。"当然，也许他们不是不明白，是人与人的追求不同。捧得诺奖桂冠的莫言面对荣誉反而是低调和淡定的："作家最重要的还是写作，地位是由作品奠定的，不是称号奠定的。作品不能服众，再高的头衔，哪怕你是世界作家协会的主席,也说明不了什么,这一方面我一直比较清醒。"在这个泥沙俱下的时代,身为中国作协主席的铁凝对于文坛的乱象表示了警觉,她在接受舒晋瑜采访时呼吁:"在推动社会主义大繁荣大发展的背景下,防止文化争功近利。"

日益膨胀的物欲和网络时代的到来,的确给文学带来了危机和挑战,也令本书作者感到担忧。作为一名读书报的记者和热爱文学的读者,舒晋瑜对于文学的命运给予了深切的关注。在与作家面对面之时,她一次次地发问:文学会死吗?

这令我想起三年前作家史铁生离世,一度在网络上引起众人怀念。彼时我曾感慨万千地在博客上写下:"曾几何时,我为这个社会精神的失落而感叹,但看到史铁生,这个中国'伟大作家'(曾极力挽救他生命的、宣武医院的凌锋大夫语)的辞世引起那么多人惋惜、感怀和震动,我的内心由衷地感到了一丝欣慰。因为我看到,原来精神还在给人以实际的温暖和力量,原来在这个日益物化的年代,还有那么多的人需要精神的支持和鼓舞。一个时代,需要物质的积累,也需要精神的支撑,看到博客里有那么多人在怀念史铁生,我不由得真真地感动于这个精神还在感人的时代了。"

读舒晋瑜的《说吧,从头说起》,也是心怀这样的振奋与感动。通过她的深入访谈和作家的真诚讲述,我分明看到了关于文学的一线希望。文学不但不死,还将长久地存续下去,给人类以光明的照拂。正如韩少功所说,"一个有文学而无作家的'电子远古时代'是否正在到来？其实，在另一方面，当今人类又最感心灵无依，最需要文学来温暖和引导。所以我说文学不会死亡，只会变化。近期不可乐观，远期倒也无须悲观。"在他看来，文学总是一副多疑的面孔，或者说文学总是以非公共性方式来再造公共性，一再用新的粉碎以促进新的聚合，用新的茫然以引导新的明晰。他说，这个过程大概永远难以完结——因此这也是我们不管多少次听到"文学将要灭亡"，其实也用不着过于担心文学的理由之一。

莫言的回答更是带着作家的骄傲和倔强："对中国当代文学整体的判断，必须建立在大量阅读的基础上。在阅读量有限的情况下对一个国家的文学创作做结论很可能以偏概全。我感觉近十年来，文学的整体水平没有降低，而是在一个高度上延伸，没有滑下去。任何说中国文学滑坡的言论都是不负责任的。""没必要也没有可能每年都出杰作，也没有必要要求三十年必须产生伟大作品。我们个人经历三十年很漫长，但在历史长河中也只是一瞬间。"

但无论如何，今天也算不上一个文学大繁荣的时代——因为今天，似乎已经缺少了某些文学的、激动人心的普遍的氛围，已经远离了令众多作家怀念的20世纪80年代。铁凝说："我至今仍然怀念80年代，不是因为那时的文学位置有多高，而是怀念当时的文学氛围和写作热情。"而格非，在舒晋瑜的提问下忆起80年代，那个他曾参与并见证过的"文学激情四射的时代",也是一脸的幸福——那也是一个我见证过的时代啊,彼时身为中学生的我,也曾经被身边激情四射的文学青年、文学社团和洋溢其中的文学热情所感染,那真的是一个如舒晋瑜所说的"中国处处涌动着热情而执着的文学浪潮"的时代。今天,似乎已找不到彼时激动人心的情景了,文学的火种在幽幽闪烁着,微弱,但不会熄灭——一时的黯淡是可能的,看吧,走进书店,文学类的书籍已被铺天盖地的商务书、考试书、实用书挤到了不起眼的角落,但终有一日,它还将辉煌——因为人们需要的不是文学,而是蕴含在文学之中的人性深处难以泯灭的光和美——那才是人类灵魂深处永久的召唤。(《说吧,从头说起》,舒晋瑜,作家出版社,2014年2月第1版第1次)

2014年8月1日,北京

与诗歌同行
——读陈平原《大学小言》

读完这本书,我在朋友圈分享了两条微信。第一条:"一个为金钱所支配的社会,与一所为金钱所支配的大学、一个为金钱所支配的人一样乏味、无趣和可悯。'无论任何时代,诗歌都应该是大学的精灵与魂魄。''与诗歌同行,是一种必要的青春体验。'支持人文崛起!"第二条:"'人文关怀、人文精神就如空气和阳光一样必不可少。'它给人生以诗意和润泽,以信心和温暖,并为人生指出终极的目标和方向。一个缺少人文素养的人和一个人文没落的社会终都是没有希望的。"陈平原,这位人文学者的声音引起了我的深深共鸣。

回想十几年前我在北航高等教育研究所读研究生时,正是教育产业化被讨论得如火如荼之时。自那时起，高校连年扩招，大学生、研究生数量连年翻番，更多的人获得受高等教育的机会，但也带来诸多矛盾和问题，经济利益驱动下的人文没落就是其中之一。陈平原先生作为北大教授，身在高校，对此了解得更为清楚。然而作为一个有独立意识、独立思考的人文学者，他不但清楚，还以一个学者的担当力所能及地发出声音，强调人文的意义，以"不说白不说，说了也白说，白说也要说"的姿态，为人文学科摇旗呐喊，四处游说。在他看来，商学院教授的"金钱至上"与文学院教授的"诗意人生"，各有各的受众，也各有各的盲点。"当下中国，相对于商学院教授的'趾高气扬'，文学院教授不能永远保持沉默，要学会大声地说出自己的好处及贡献——说不说归我，信不信由你。"这种游说无法立竿见影，但他相信，从长远的角度看，这些声音必会产生作用。"短时间看，在一个官本位的社会里，无论学者如何高瞻远瞩、金玉良言，都显得苍白无力；但若着眼于长时段，这些声音是有可能穿越时空，影响未来的。正因此，读书人不能妄自菲薄。"

浮躁的学风与世风之下，到处能听到他批评的声音。作为一个有责任感和独立人格的学者，他并不需要去讨好谁、让谁高兴。应邀去参加第二届"中原经济论坛"的演讲，他的题目"中原崛起，何处是短板"曾引起组织者的不安，然而他说："学者的价值，不正是独立思考吗？……如果学者跟政府的思路完全一样，只是请来'背书'的，那可真是'浪费才华''有辱斯文'了。"演讲结束后，某报纸的报道对陈平原先生"令人敬仰的学人风范"和"自抑不卑、自矜不亢、坦荡磊然的君子之态"褒奖有加。可见，相对于官话、大话、假话，人们还是爱听真话、实话的。

在清华大学轰轰烈烈庆祝百年华诞之时，他说，办大学，借鉴国外容易，坚守自家特点反而更难，"走向国际"，并不一定就是"迈向一流"。也算泼冷水，然而相对于高调的赞扬和一团和气，这"不同的声音"有时显得尤为珍贵。对于国内很多大学发表论文"明码标价"的奖励制度和"提奖学术"，陈先生亦是十分反感。这些功利的制度，虽然不一定如我在书的空白处随性批注的"猪一样愚蠢"，但听上去确实有失风雅。抛开管理者的理念和动机不说，从受教育者和教职员工的角度，如果一个人只是为了金钱上的奖励去写论文，这个人真的会出息吗？如此的人生真的有意义吗？不光是教育，这个提问可以延展到企业等各个领域。我同意陈平原先生的观点，真正的天才和真正干事的人会无视不合理的制度，也不需要约束。规则是用来约束中才的，无法约束天才。

而功利的引导，也使大学的风气不再纯洁，"大学院系间的隔阂越来越深，有的比钱多，有的夸位高，有的人多势众，有的政治正确"。读到这里，我禁不住感慨，人们的大视野、大趣味、大胸怀、大出息哪里去了？长此以往，国家、社会又将走向何方?

陈平原先生一针见血地指出:"什么叫'不成功的教育管理'?在我看来,就是眼下这种只见数字不见人、只讲市场不谈文化、只求效益不问精神,努力将'大学'改造成'跨国企业'的管理模式。在这个过程中,很多学科都受伤害;而受伤最严重的,非人文学莫属。"对于大学精神的衰落他不无担忧:"当下中国,大学不再神圣,失去了曾经有过的道德光环,虽仍在培养人才,但已无法引领社会风尚,这既植根于大众传媒崛起及互联网普及所导致的知识传播途径的巨变,也缘于诸多大学及教授的独立性日渐减少,或依附权贵,或背靠商家,或追随传媒。如果说前者是浩浩荡荡的世界潮流,很难阻挡;后者则颇具中国特色,不无改善的空间。" 在他看来,大学肩负教书育人、思想探索与科技创新、承担历史重责与引领社会风气的责任,而今天的教育,侧重点已逐渐从原先的道德、心灵与修养,转为知识、技能与职业,"此乃现代化进程中'必要的丧失'"。

大学是育人的,其目标是培养既有知识又具健全人格和幸福感的人。陈平原先生从人文的角度,认为"所谓'大学',除了传播各种专业知识,还要有诗歌,有美文,有激情,有梦想,有充满想象力的文学创作与艺术鉴赏,那才是完整意义上的大学生活"。他说:"无论任何时代,诗歌都应该是大学的精灵与魂魄。""在大学阶段,与诗歌同行,是一种必要的青春体验,因痴迷诗歌而获得敏感的心灵、浪漫的气质、好奇心与想象力、探索语言的精妙、叩问人生的奥秘……所有这些体验,都值得大学生们珍惜。"与诗歌同行,那就是我们的一代!虽然今天诗歌乃至整个人文学科都已然没落,而且它从来都不可能帮助我们发财致富,飞黄腾达,但我依然要说,诗歌给予我一生的滋养,使我受益无穷。这种"益"不是看到而是感知的,是一种源源不断、时时都在的内在美感和幸福。这是人生不可多得的、比物质财富更为珍贵的财富。

这本书原是对比北大教育与港中大教育的。谈及香港大学教资会推行的量化管理,陈先生说,量化管理的潮流中,在大学国际排名中,保护和发展人文学科"无利可图",也无法彰显"业绩","但是,如果香港人要想在经济发展的同时维系一个祥和、温馨的社会,想要继续过有尊严、有亲情、讲道德、有公义的生活,人文关怀、人文精神就如空气和阳光一样必不可少"。这句话不仅适用于香港,还适用于整个中国,涉及近视和远视、粗糙和优雅、黑暗和光明、痛苦和幸福的问题。

(《大学小言》,陈平原,三联书店,2014年6月第1版第1次)

2015年4月15日—19日,北京

第二辑

生活的况味

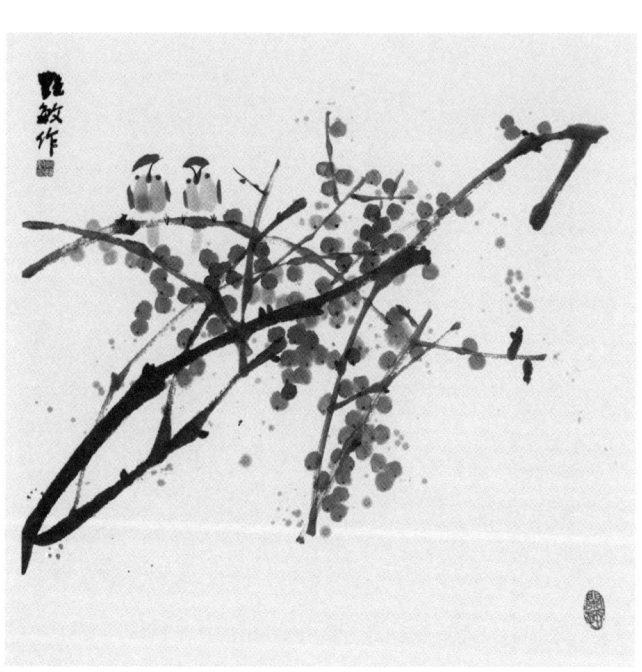

飘在天上,回到人间!这是大多数人不可规避的结局吗?

古来圣贤皆寂寞，唯有饮者留其名
——读陈子善、蔡翔主编《醉》

将关于"醉"的主题集纳在一起，无论是被酒精迷醉，还是沉醉于事物、风景，都别有一番情调。

说起"醉"，当然首先想到的是酒，而且酒与文人本就有着千丝万缕的联系，如大诗人李白的"李白一斗诗百篇，长安市上酒家眠。天子呼来不上船，自称臣是酒中仙"。历代文人雅士对酒情有独钟，酒风欲开，文事欲盛，不知个中是何缘由，大概酒能助兴吧。于是爱酒者说："古来圣贤皆寂寞，唯有饮者留其名。"

文人爱酒，然饮酒者风格不一，心态也不尽相同。"何以解忧，唯有杜康"，很多人饮酒如曹操，借酒消愁，得一时痛快和麻痹。黄裳则不同，所有喝酒的记忆于他都是愉快的，因此他"一直不能理解为什么酒是可以解忧的"。他看曹雪芹"酒渴如狂",认为"也是他实在想喝酒了,并不是想逃避什么人间的忧患",并且说"这才是真能懂得酒的趣味的"。梁实秋在青岛呼朋唤友,三日一小饮,五日一大饮,七名酒徒加上一名女史,称"八仙过海",那场面曾经吓着了胡适。过了一次招之后,胡先生遂写信给梁:"看你们喝酒的样子,就知道青岛不宜久居,还是到北京来吧!"钱君匋提及开明书店每周一次的酒会,参加者沈雁冰、郑振铎、叶圣陶、大子恺等也都是文艺界名人,"能受用五斤加饭酒者方可参加"。饮者入会以酒量定,听上去也是叹为观止。相对于聚众饮酒的热闹,谌容更爱独酌,"花间一壶酒,独酌无相亲。举杯邀明月,对影成三人"。因为她实在讨厌劝酒:"饮酒若能宽松些,别那么死乞白赖地劝,该是多么自由!"也有人喜欢三两好友啜酒清谈。洛夫则对各式饮酒作了诗意的归纳,"如一人独酌,可以深思漫想,这是哲学式的饮酒;两人对酌,可以灯下清淡,这是散文式的饮酒。但超过三人以上的群酌,不免会形成闹酒,乃至酗酒,这样就演变成戏剧性的饮酒,热闹是够热闹,总觉得缺乏那么一点情趣。"然而人们经历见识不同,脾气秉性不同,兴趣爱好不同,对于酒的感受、把握和贪恋程度也自然不同。不承想文风平和清淡如汪曾祺者竟也贪酒如命,最后的去世竟也与酒有关。我禁不住想,究竟酒为何物,如此为世人贪恋?我不饮酒,无法品得酒中真味,竟也被酒的氛围吸引,看别人饮酒不失一乐,此时读酒的文章亦是津津有味。周涛在《瓶中何物》一文中说,"有情方饮酒,无聊才读书",我在旁边注,"我无情无聊",呵呵。

林清玄的《飞觞醉月——诗词之酒》,我怀疑是一篇博士论文。他将历代文人有关酒的诗词找出来加以分析,简直是诗酒大全,很开眼界,文学的境界也由此拉开。中唐之酒、李杜之酒,五代之酒,宋初之酒,苏轼、秦观之酒,周邦彦、朱敦儒之酒,辛弃疾之酒在他的文章里分节细说,极为详尽。陶渊明"得欢当作乐,斗酒聚比邻","但恨在世时,饮酒不得足";岑参"一生大笑能几回,斗酒相逢须醉倒";李白"人生得意须尽欢,莫使金樽空对月","君爱身后名,我爱眼前酒。饮酒眼前乐,虚名复何有";韦庄"遇酒且呵呵,人生能几何";辛弃疾"而今何事最相宜?宜醉宜游宜睡"等等都是诗酒文学的上上之作,因此得以广泛流传,并且推动着文学自身的发展。当说到辛弃疾,他说:"我觉得在辛弃疾写完戒酒的诗,中国诗酒文学已经告一个段落,因为这以后,诗不如唐,词不及宋,中国诗酒文学慢慢没落了。"

书中还谈到对于书画、旅行等的沉醉,比之于酒,就是小巫见大巫了,但不论是哪种沉醉,只要沉醉,就是一种享受。

(《醉》,陈子善、蔡翔主编,廖久明选编,山东文艺出版社,2013年6月第1版第1次)

2014 年 8 月 14 日早,北京家中

吞云吐雾，一段人生
—— 读陈子善、蔡翔主编《烟》

男人与烟，有着天然的接近吗？那么多的男人与烟纠缠不清，烟被他们带进生活，带进事业，带进世故人情，还被他们带进文学艺术，呈现出一层耐人寻味的人文意味。更有"好事"如陈子善、蔡翔者，将这些自得其乐的烟民集纳在一起，让他们在一片烟雾缭绕的氛围里尽情宣泄和倾吐，形成一种文学的气场和自由的环境，让不抽烟、反对烟的我读来也觉享受，想想真是有趣。

而更有趣的，还是林语堂先生对于烟的态度，那可算是"屡教不改""食古不化"，跌入万丈深渊也不回头的了。他说，颇有人以为不吸烟者在道德上较为高尚，以为他们具有一种可以傲人的美德，而不知他们已因此丧失了人类最大的乐趣之一。"我很愿意承认吸烟是道德上的一个弱点，但在另一方面，一个没有道德弱点的人，也不是全然可以信任的。"这已然从文学上升到哲学层面了吧？可谁又能说他说的没有道理呢？他继续说，烟是"巨大的提升灵魂力量的东西"，"吸烟者的道德在大体上实在是较高于不吸者。口含烟斗者是最合我意的人，这种人都较为和蔼，较为恳切，较为坦白，又大都善于谈天……最重要的一点是：口含烟斗的人都是快乐的，而快乐终是一切道德效能中之最大者"。没有林语堂，文学界的烟民中便少了一段佳话、一点趣味。虽然他的这番"歪理邪说"遇到冷静的人可能也会被大批特批，但不妨碍他抽烟抽得天仙般自在。

烟与文人、作家大概更是有着天然不可分割的渊源。徐志摩留英两年，简直就是被烟熏出来的，"在美国我忙的是上课，听讲，写考卷，啃橡皮糖，看电影，赌咒。在康桥我忙的是散步，划船，骑自行车，抽烟，闲谈，吃五点钟茶、牛油饼，看闲书"。貌似闲散，而闲散才是文学和艺术的根源，这也符合牛津和康桥的传统，"我们也得承认牛津或是康桥至少是一个十分可羡慕的学府，它们是英国文化生活的娘胎。多少伟大的政治家、学者、诗人、艺术家、科学家，是这两个学府的产儿——烟味儿给熏出来的"。朱自清对烟也很有感情，他的"理论"即使达不到林语堂的高度，至少也已达到了"骨灰级"的程度。他说："烟有好有坏，味有浓有淡，能够辨味的是内行，不择烟而抽的是大方之家。"对于烟的态度，他语气里虽无林语堂的固执，却也有着明显的偏倚。梁实秋对于烟的态度也颇为开放："吸烟无益，可是很多人都说'不为无益之事何以遣有涯之生'，而且无益之事有很多是有甚于吸烟者，所以吸烟或不吸烟，应由各人自行权衡决定。"唐鲁孙老先生说："一个人在闲下来的时候，悠然怡然点上一袋烟抽抽，那种闲情逸致，不是瘾君子是没法体会出来的。"贾平凹的抽烟都有点"装神弄鬼"的味道了，他认为抽烟简直就是与菩萨同在。吴强先生的戒烟经过了一番痛苦的挣扎，但他还是说："我想，吸烟和吃饭势必同我的生命永远与共，而不可改变。"这听起来真的有着一些悲壮的意味了。还有一些作家，没有香烟君陪伴，简直就是憋不出一个字来，这对于作家来说，恐怕真的是要命了吧？如一位作家所说，烟一方面起科学的作用，一方面收艺术的功效。吸烟有害，这应该是一个被科学证明了的常识，但科学与文学还是有着明确的界限，在烟的面前，作家有时偏不听那一套。你看，苏童在《我与香烟》一文的结尾就有点任性，他说："我信奉科学，我有一定的健康知识，所以我对违背科学的理论都是持怀疑态度的，但是在吸烟问题上我始终愚昧……可见有的人是不依据知识来生活的，有的人甚至愿意以健康为代价，对科学翻白眼。我就是这种人，我拿自己也没办法。我的态度就是这么简单粗暴，喜欢吸就吸，去他妈的，不管那么多。"

吸烟无益，保留文学的一点固执和洒脱却还是可爱的。

当然，有些人的抽烟也许是和当下的境况联系在一起的，比如对于高建群来说，香烟是激发他创作灵感的源泉。他说："等到什么时候，我不写作了，我也就不抽烟了。我保证能做到这一点。而且，我坚决地不允许我的儿子抽烟，也不希望他将来从事写作这个行当，世界上有那么多提供饱暖的行当，为什么要从事这个不幸的职业呢？要成为像我这样不幸的人呢？"听起来有些辛酸。而世界上还有多少人将自己的悲辛寄托在香烟里呢？

本书主编之一的蔡翔先生也有一篇《烟话》——难怪他有兴趣编出这么一本集子。烟于他则像是一个心灵伴侣："这几年经历多了，许多事无法向人言说，也不愿向人言说，更喜欢一个人独自抽烟，一个人坐在那儿，烟雾缭绕，缭绕的烟雾便把自己与世界隔开。""当烟点燃的时候，男人便回到了自己的世界，一个人的世界。"我的先生也抽烟。把烟当成文学去读可以，涉及健康的利害，生活中的抽烟我还是反对的，但无论我怎么反对，吵过闹过不高兴过，他至今还是没有将烟戒掉。我试图去理解他在烟中所寄托的情怀，试图去理解在烟里他想释放的东西，但在抽烟的问题上，内心反对的声音还是压过了赞成——他对我们、对这个家来说毕竟是最重要的人，我不希望烟伤害了他的身体。然而无奈，他不听劝阻，最后也只好让他将自己关在厨房对着吸油烟机抽了。某一天送女儿上学的路上，女儿突然靠近我说："妈妈，你以后别说爸爸了啊，你没看见他都开始抽电子烟了吗？""噢？是吗？""是，你没看见吗？你就让他那样吧，你也别再跟他说'真好，你抽电子烟了'啊。"我会意地笑了，内心升起一股暖意，继而又生出一丝酸楚和感动：这个我说什么嘴上都反对的人，对于我说的每一句话，内心其实还是在意的。

在烟的问题上，当然也有清醒的人。像徐訏，他认为被外物所役，拜倒在纸烟面前，那就是"不懂烟道的俗人"。高晓声则说，人是要有一点精神的，不要把这点精神在"吸了戒，戒了吸，再吸了戒"的反复过程中消耗掉，培养出那种叛徒性格来。不知道莫言抽不抽烟，但他冷静地分析烟，"关于抽烟的好处，好像林语堂说过，但大家都当成黑色幽默来看"。什么东西一旦到了需要"戒"的地步，恰恰说明它迎合了人性中的某种需要。他看到，"烟是人类弱点的象征"。林斤澜戒烟时直截了当地讥讽林语堂："我的戒烟"的烟，是纸烟、香烟、烟卷儿也，不是乌烟、红烟、海烟。这在林语堂当年有所含混还可以幽默一下，在林某人现如今可不是闹着玩的，"性命交关"……"岂是敝本家'灵魂的事业'冷冰冰一语了得！听罢也未免"呵呵"。正是如此，您瞧，现在国家都发了戒烟令了吧？如果全中国的烟民都戒烟了，那以后是否也就不会有关于烟的文学了？（《烟》，陈子善、蔡翔主编，熊庆元选编，山东文艺出版社，2014年6月第1版第1次）

2016年1月3日，北京家中

名人逸事家常菜
——读周芬娜《品味传奇Ⅱ》

这本书的策划有些新意,将一些名人与其家乡或常居地的美食联系起来,而作者又将这些地方走了一遍,吃了一遍,然后再写出来。创意是不错,但若是没有钱没有闲,便无法做这种事吧。

毛泽东与毛家菜,周恩来与北京烤鸭,孙中山与中山美食,张学良与东北菜,茅盾与乌镇美食,胡适与徽菜,林语堂与台湾小吃,金庸与董家菜,唐鲁孙与淮扬菜,张大千与川菜,梅兰芳与北京菜,武则天与洛阳水席……几乎每篇文章都是上半部分写人,下半部分写吃。作为对美食没有多少研究,尤其是对菜谱没有多大兴趣的读者,我认真读了人物部分,有时候就忽略了美食部分。正如作者谈及美食家唐鲁孙："我从十三岁开始读唐鲁孙，却年过半百才真正领悟他书中的境界。书写美食不仅需要才气、毅力、财力，也需要丰富的人生阅历和智慧。在美好的文字以外，更需要美好的环境和美好的人情。"写吃的文章，写不好弄成菜谱就没有味道了。

而在书中有些地方，人物与美食联系得也有些牵强。比如她写萧红，从萧红小时候吃过一次祖父的烧鸭子，就认定了萧红"雅好美食"，刹那间让我联想到萧红在旅馆里因别人门上的一个列巴圈而开门关门，关门开门，做着是否偷来充饥的挣扎。她饥饿的一生无论如何也较难与美食的"雅好"联系在一起。吃食一事，只有在填饱了肚子的前提下才有可能成为雅事。所以在她说"一般人只知道萧红喜欢文学，其实萧红也雅好美食"时，我在旁边批注：牵强。

在写吃的作家当中，合我个人口味的，除唐鲁孙外，还有汪曾祺。唐鲁孙写北京吃食的回忆文章满溢着感情，那已经超出了吃食之外；而汪曾祺的吃食其实就是艺术的玩味，如他的文人写意画一般悦目赏心，悠闲自在。

作者在写人的部分倒是加了不少"佐料"，正经之外，还不忘夹杂孙中山的四个女人，金庸的三任妻子，胡适与表妹曹诚英如火如荼的婚外情，张大千的四房妻妾、"数不清的女朋友和红粉知己"……写到孙中山，她说："其实孙中山背后的女人不止宋庆龄一个。宋庆龄有中华民国'国母'之称，但孙中山先生的原配卢慕贞、外室陈粹芬（陈四姑）、小妾大月熏，对他的革命事业帮助也很大。目前他的故居纪念馆中，却丝毫不见有关这三个女人的照片或文字，显然是有意地遗忘与忽略了。她们是否可被称为'被遗忘的国母'呢？"也许同为女人，她对女人似乎多了一些敏感和体恤。写到张学良，她带出张的诗句："自古英雄多好色，未免好色尽英雄。"写到武则天、玄奘等人时，也引出了许多不为人知的故事。

　　但我不太明白的是，为什么把毛泽东、武则天、梅兰芳、邓丽君、玄奘、胡适、台塑牛小排的掌门人王永庆等等这些看上去没什么关联的人物"杂烩"到一起呢？这本是《品味传奇Ⅱ》，Ⅰ会不会更精华呢？（《品味传奇Ⅱ》，周芬娜，三联书店，2012年3月第1版第1次）

2014年10月9日，北京

依了自己心的倾向
——读周作人《故乡的野菜》

蒋风在本书序中说：怀旧是人类普遍存在的情感，是一种自古到今，无论中外都有的文化现象，反映了人类作为个体，在漫长的人生旅途上，需要回首自己走过的路，让一行行的脚印在脑海深处复活。怀旧能够使我们憧憬理想的价值，明白追求的意义，也促使我们理解生命的真谛。有道理，但感觉还不够。我似乎更欣赏汉宝德先生在《给青年建筑师的信》中说的："我们向后看，是寻找我们心灵的根源，以便坚定信心，找到未来的方向。"

我不知道周作人先生的这本《故乡的野菜》是否意在怀旧，但闲闲散散地过生活是他散文的优美所在。在其他的集子里他也曾谈社会谈时局谈政治谈遭遇，但都没有谈生活好看，人只有在闲散的状态下才会回到真的自我，触摸真的本心，在谈论"北京的茶食""故乡的野菜""南北的点心""读书的经验""生活之艺术"时他回到了自己的真性情，"依了自己的心的倾向"，恬淡平和，心无旁骛。

如他在《北京的茶食》中所说："我们于日常必需的东西以外，必须还有一点无用的游戏与享乐，生活才觉得有意思。"又如其在《自己的园地》中所写："艺术是独立的，却又原来是人性的，所以既不必使他隔离人生，又不必使他服侍人生，只任他成为浑然的人生的艺术便好了。"在《苦雨》中，他说："倘若有人说这所记的只是个人的事情，于人生无益，我也承认，我本来只想说个人的私事，此外别无意思。"人与人原本是不同的，一些人天生关注的可能就是大视角大叙事，而另一些人天生只感到眼下平凡的一切更美、更有兴味。如天空下有树木有小草有花朵，有牡丹有百合有杜鹃，只要物尽其性，花尽其美，坦然绽放，自由伸展，都可活出自我的美丽，为大自然增添一份和谐。而远离了战火硝烟，远离了"主义""派别"，远离了世事纷争，才更接近人类的理想。

不记得是哪位作家说过，周作人写出独特的、别有格调的散文，是性情使然，周作人于特殊时期出现欠妥的行为，也是性情使然，或许也有一些道理。当然本文只谈散文里的性情，不谈其他。他在儿歌《蝙蝠的生活》中发现"文学的趣味"，于旧式的铺门里发现"粗拙调和的趣味";初到济南,他感受到旧日"长闲的风趣",在喝茶的瞬间享受不完全现世里的"一点美与和谐"。他以爱的真与伪去衡量古董家,"真是玩古董的人是爱那古董本身,那不值钱、没有用、极平凡的东西。收藏家与考古学家以外还有一种赏鉴家的态度,超越功利问题,只凭了趣味的判断,寻求享乐,这才是我所说的古董家。"偶尔,他也于花鸟鱼虫中有所寄托,写《金鱼》时,不知怎么就说起自己本非文人,"那些时世的变迁,好歹于我无干"。但文学上永久有两种潮流,载道与言志,二者相比,载道易而言志难。

说起做文章,他说,做文章最容易犯的毛病便是作态,犯时文章就坏了。"文人在书房里写文章,心目却全注在看官身上,结果写出来的尽管应有尽有,却只缺少其所本有耳。"我只想说那不是生命的写作,生命的写作与自我是融为一体、不可分割的。

对于自己居住或路过的城市,比如北京,他在自己的散文中也写了感受。北京的雨曾让他困扰,在他看来很不讨喜,偶尔下一次也会让他感到难过,因此他给自己的居室取名"苦雨斋"。北京的"苦雨"让他想到家乡,"在到处有河流,满街是石板路的地方,雨是不觉得讨厌的,那里即使会涨大水,成水灾,也总不至于使人有苦雨之感。写到北京的春天,他说"北平缺少水气,使春光减了成色,而气候变化稍剧,春天似不曾独立存在，如不算他是夏的头，亦不妨称为冬的尾，总之风和日暖让我们着了单袷可以随意徜徉的时候真是极少，刚觉得不冷就要热了起来。"而来到济南，他说这地方很中他意："我觉得北京也很好，只是太多风和灰土，济南则没有这些；济南很有江南的风味，但我所讨厌的那些东南的脾气似乎没有（或未免有点速断？），所以是颇愉快的地方。"

　　此时我正在济南，读来颇感亲切。（《故乡的野菜》，周作人，海豚出版社，2015年1月第1版第1次）

2015年10月4日匆匆于济南家中

飘在天上，回到人间
——读张苹《藏漂十年》

《藏漂十年》，与多年前读的《北漂者心声》异曲同工，记录的都是生活在城市边缘的一个特殊群体的所思所想和生存状态。许许多多的人为逃离脚下厌倦的土地，或追随心中的梦想，放弃了一切来到西藏，而西藏给了他们什么呢？这个承载了梦想与希望的雪域高原，在真正走近之后又是一番怎样的模样？

梦想的引诱带着诗意，而现实是冷漠的。从一个地方逃离到另一个地方，就是从一个现实逃离到另一个现实，带着惶惑，带着不安，带着艰辛和迷茫。守着八廓街，守着布达拉，守着心中的向往，又不得不为柴米油盐斤斤计较，四处奔忙；

时而被理想的光芒照耀着,时而又被怀疑和困惑紧紧缠绕……

十年前,作者张苹为了爱情来到西藏。她在书中写道:"之前在北京待了三年。一个巨大的城市。灰色的太阳,高层建筑,立交桥,就连旧货市场密密麻麻的人流,都给了我巨大的压力。没道理可讲,没有一棵树结着我吃的果实,没有一寸土地涌出清泉,河流在哪儿,亮晶晶的河水闪亮亮的阳光,翡翠的水在哪儿呐。救命稻草一样,我要维护住我的爱情,我交了男朋友。""我并不相信爱情是长久不变的,但是害怕失去后就什么都没有了。"然而在西藏,她目睹了太多的分分合合,聚聚散散,爱情像游戏一样上演和结束,人们兴奋着,也失望着,周而复始,内心涌动着欲望和企盼,而一切都没有改观。当她为生活发愁,所有的梦想都远离了她,她感叹:"天空蓝得一丝云彩都没有,山上的玛尼石一堆一堆,蜥蜴在阳光下静坐,这些跟我一点关系都没有。可是,怎么钱就不见了呢?"

在拉萨待到第二个年头的时候,她说:"曾经幻想的西藏视觉经验和文学经验在我的心里已经坍塌,所有关于马原和扎西达娃或者说陈丹青所构建的精神世界在西藏的阳光下,在现实的现代化过程里,就像冰激凌在融化着。"在她身边围绕,为她日复一日看见、听见的,是街头的流浪歌手、画家、艺人放浪形骸的演绎和悲欢离合的故事。那些故事忧郁而悲伤,正如从他们的琴弦中弹出的忧伤曲调:

我在这里　静静看雨　雨水似泪滴
不知不觉　几年逝去　灰色未停息
睡在雨里　梦见你　你的手放了
水星一样　悬在半　空我的心亦亡
……

在挣扎中迷失了方向的人们，于糜烂中挥霍着时光：

有人歌唱，有人呕吐

狗在怵然地四顾

身体上了天

又落到地下

坠落和升华在同一时刻

蓝色天空的茫然

没有谁能指引我

脱离这低级的欲望

天使坠落

满含悲伤

真的坠落了

妈妈

总之,《藏漂十年》讲述的不是诗意的西藏。然而生活,也许就是这样的,不是飘在天上,而终要脚踏实地。画画的张苹有这份平淡。当藏漂的贝斯手娶了一个藏族姑娘做起踏实营生,遭到别人议论的时候,张苹说:"现在,恋爱、结婚就和其他的很多事情一样正常,没有必要在贝斯手成家的事情上纠缠不清,非得搞得像个什么理想的、梦想的,谁拯救谁的那种,累不累?你就让人家好好过日子行不行?""音乐是什么?音乐是生活的一件外套……生活才是人的核心,你就让人踏实吧。"

在书中,她也很少提及绘画,绘画于她,或许也只是生活的一件外套吧?飘在天上,回到人间!这是大多数人不可规避的结局吗?(《藏漂十年》,张苹,中信出版社,2014年3月第1版第1次)

2014年9月23日,北京

好山好水话新疆

——读唐月卫《梦里新疆不是客》

　　静默的赛里木湖,你怎么可以如此忧郁呢?神秘的喀纳斯湖,你怎么可以如此富有想象力呢?浩瀚的布伦托海,你怎么可以如此美轮美奂呢?魔幻的罗布泊,你怎么可以发出如此黑暗的引诱呢?《梦里新疆不是客》以一个三年援疆者的视角,奉献出新疆的好山好水、风土人情,还有美丽的爱情故事。作者说,这是一本游记体小说,有真有假,而我,全然是当游记读完的,只因那每一个地方太美,那每一张图片,太能勾起心中的向往。

　　作者说,乌鲁木齐这座离海最远的城市,被称为美丽的"混血之城"!用"一张火车票价高过机票,一张机票钱超过出国"

形容她的遥远再合适不过了。而三年的援疆生涯让他在心里赋予这个地方以生机,以情感,以不舍。戈壁,沙漠,草原,山脉,峡谷,湖泊,无人区……三年间,他在美丽维吾尔族女孩阿依曼古丽的陪伴下游遍了新疆的边边角角,获得了无尽的美好感受。

在温泉小城意外地邂逅"天泉"时,他感到如此惊讶:"很难想象,在一个远离城市的高高的山丘之上,没有水,没有电,有的只是几间零星的房子,以及几个简陋木屋搭建的浴室,便是大名鼎鼎的'天泉'。而这里的一切,才是人类追求的最高境界:返璞归真。"

当他游过可可托海和又被称作福海的布伦托海,他说:"看过了可可托海景区的额河峡谷,领略了布伦托海的烟波浩渺,我也再一次被新疆的博大与壮美深深震撼。虽然,这个地处亚欧大陆中心被号称离海最远的地方没有真正意义上的海,但是上帝却赐予了它一个比大海还要秀美的布伦托。如果再有人问我,新疆有没有海,我会非常肯定地告诉他,新疆有海,福海无边。"

站在"死亡之海"罗布泊的湖心之上,他写下了那一刻的心情和见闻:"除了死寂和广袤,没有半点生命的迹象,一种恐惧袭上心头。"

这不是一本小说,而是"有图有真相"。如果不是亲历,是写不出如此鲜活深切的感受的;如果不是亲见,是拍不回这些大美的照片的。三年的援疆显然已使他爱上新疆，在《后记》的末尾，他说："如果你没有去过新疆，那么请不要犹豫；如果你爱新疆，那么请深爱。"

而我购买这本书，也是因为当日有家人搭上飞往乌鲁木齐的航班，飞向祖国的大西北，开始了他援疆三年的旅程。这突至的机缘，也勾起了我明年游历新疆的计划和欲望。（《梦里新疆不是客》，唐月卫，中华工商联合出版社，2014年7月第1版第1次）

2014年9月19日早，北京家中

北京，我永久的家
——读邹仲之编《抚摸北京》

北京城有着太多的历史，有着太多的内涵，有着太多温暖的记忆，亦有着无尽的沧桑苦痛，这一切，在《抚摸北京》一书中因着人们不同的记忆、不同的际遇情怀——铺展开来。

刘心武八岁随父母迁至北京，琳琅的生活和丰富的经历造就了他对北京的款款深情和说不清的爱，由此他感慨道："一个生命，他爱一片土地，往往极有道理，却又用不着'讲理'。"

而土生土长于北京的张承志与北京却似有着骨子里的"不合"。他说，"我生在北京，却不喜欢京腔。我常说我只是寄居北京"。谈完北京的生活，他说："以上，是我在北京寄居客住，大致的度日方式。"这是一种完全没有融入的"局外人"

的感觉。他厌倦那时而自信时而惶惑、时而满足时而恐怖的都市表情，觉得远不如在街角看到的卖牛角的藏民和卖核桃仁的维吾尔族小伙毫不掩饰的不驯目光来得亲切，"还是这样的一伙——来自西藏和新疆，卖牛角的和卖核桃仁的异类，才像我的同伙"。不同的际遇、不同的性情，使我们各自拥有我们所钟情的地方，人与城，包括人与人间彼此的认同，绝不是表面的认同，决定关系亲疏的，是内在、无形的吻合度和匹配度，有时只可意会不可言传，只可感应不可描述。我们最终都会回到我们熟悉的那一方土地。

北京是个迷离的城市。西川在《想象我居住的城市》一文中写到北京城下的另一个北京城，写到北京的"迷魂阵"，写到某一日独自一人在午门外大墙下"置身于历史、传说和神秘之中"的独特际遇。在他看来，"一座幽灵与活人混居的城市比一座被行尸走肉占满的城市更抒情；一座与其地下城市相对称的城市才适于精神的驻足"。甚至他幻想，除了北京和北京之下的北京，或许还有一座北京之上的北京。这幻想导引着他，使他意识里的北京充满了魔幻和引诱。

说起历史和现实的北京城，人们无法不念及梁思成。当年为保护北京旧城，梁思成先生可谓杜鹃啼血，奔走呼告。解放北平时，梁思成于一张北平军事地图上绘就的《北平重点文物图》被毛泽东挂在指挥平津战役的指挥所墙壁上，要求部队精准演习，保护文物。不承想北平和平解放后，被保护下来的北京旧城,又在"保卫者"的手中被无情地毁掉了。时任北京市副市长的梁思成做出了他最大的努力,最终也未能挽回北京城的命运。在北京旧城不保的时候,他曾发出最后的呐喊,曾试图能将北京城墙留住。他笔下的北京城墙,因倾注了一个建筑学家的深厚感情和使命感而显得十分迷人:

城墙上面,平均宽度约十米以上,可以砌花池,栽植丁香、蔷薇一类的灌木,或铺些草地,种植草花,再安放些园椅。夏季黄昏,可供数十万人纳凉游息。秋高气爽的时节,登高远眺,俯视全城,西北苍苍的西山,东南无际的平原,居住于城市的人民可以这样接近大自然,胸襟壮阔。还有城楼角楼等可以辟为陈列馆、阅览室、茶点铺……古老的城墙正在候着负起新的责任,它很方便地在城的四周,等候着为人民服务,休息他们的疲劳筋骨,培养他们的优美情绪,以民族文物及自然景色来丰富他们的生活。

它将是世界上最特殊的公园之一——一个全长达 39.75 公里的立体环城公园!

这样的北京城门,这样的北京城墙,为什么要拆?

然而在梁先生的誓死保卫下,北京城墙还是被拆了!城墙倒塌的那一刻,梁思成先生黯然和绝望了;作为后人的我们,也已无法再看到昔日长达 39.75 公里、蔚为壮观的北京城墙。虽然这个门那个门的名字还在,但那已成为遗留在记忆和想象深处的一个个虚空的符号,我们再也无法目睹、无法触摸到它们真实具象的存在了。

记得有一天我在距皇城根不远的地方开完会，兴致来了决定去看看附近的皇城根，看看昔日城墙的只砖片瓦。一路问过去，人们对于皇城根的记忆和概念似乎已经模糊，很多人说不清楚，东指西指，茫然的表情中似乎还有不解：为何要到皇城根去（那儿什么都没有）？仿佛那里已是一个久被忽略、早被遗忘的地方……待走到皇城根下，发现所谓的"皇城根"，只剩下一段断壁残垣，据说还是后人为纪念古城墙，建遗址公园重新垒砌起来的。沿着昔日城墙的"路线图"往前走，则是进入完全的虚拟和想象空间了——目之所及，哪还有丁点的城墙遗存？延伸开来的是一片现代的绿化带，气派威武的城墙早已在空气中永永远远地消失了，可以砌花池、栽丁香、供数十万人纳凉游息的古城墙永远地成了诗意的泡影……

而今日面目全非的北京的大街小巷，市井胡同之中，更是曾经存在着北京人习以为常、世代相传的生活方式："买鞋要到内联升，买帽要到马聚源，买布要逛瑞蚨祥，买咸菜要去六必居，买点心要到正明斋，买表要到亨得利，买秋梨膏要到通三益，买水果糖到老大芳……就是我爸要买五分钱一包的茶叶末，也要去张一元。"某一个普通的地方，常常因着不同寻常的个人经历和生命印迹而变得独特无比。谈及前门，肖复兴说："这里是我的前门，我可以这样说。我的青春和我生命的大部分是和这里联系在一起的。"是无数个像肖复兴一样生活、居住于此的北京人，在回忆中恢复了那个旧日的北京，一溜河沿，蓟门烟树，海棠花溪，四合院大杂院大小胡同……

而人们对于往事的回忆又不尽相同，北京的大街小巷并未给从维熙留下美好印象："每每在报章上见到一些文化人，如当年的八旗子弟那般，咀嚼所谓胡同文化时，我的悲情便油然而生……""我们把过多的视线，投向那一条条昔日的死巷，花费精力去挖掘其中蕴藏着的'古董'，是不是'辫子'尚未剪净的一种心态回光？"靳飞说起宝钞胡同时亦说："可是，胡同不能全剩下光彩的。我们的生活从来不像历史教科书说的那般诗意。如今北京的胡同动辄就被讲成民俗，讲成文化，讲得充满诗情画意，充满艺术，极力渲染的是'天棚鱼缸石榴树，先生肥狗胖丫头'这一套，以我这个在胡同里生活过二十几年的人来说，总觉得少了些什么，这感觉，就是'此地空余黄鹤楼'吧。"

"文化大革命"，给众多的人带来了灾难和创伤。杨绛、张承志、陈凯歌，干面胡同、小红楼、东单三条三十三号，每一点记忆，每一个场景，似乎都再现着虽已不再却无法抹去的伤痕。陈凯歌回顾了他作为一名红卫兵抄别人家、后来自己家也被抄的经历，再现了那个癫狂的年代。"在我家被抄后不久，我的红卫兵同学们的家大都相继被抄，其中一些情景的惨烈，又大大超过我的遭遇，这又是他们绝没有想到的。"卷入惯性的车轮中，命运已经无法被自我主宰，一己的力量已经无法阻止悲剧的发生。在看过北大的风云变幻、经历了这一切之后,赵园先生写道:"'文革'之后人们想到了弥补。但有些东西的缺失,是无从弥补的,比如那不可名状的'气象',以及境界等等。贫窭会令人猥琐,无休止的摩擦争斗则有可能让人苛刻偏狭。这还是一些最浅层的。我还不敢及于某种政治文化造就的人格。在这种时候你所想到的'命运',就不再只是纯粹个人的,那是一代人,一代知识者,一代文人的命运。可叹的是,还不止于一代。至于文化荒芜学术荒落的后果,将在更长的时期显现出来。你难道不认为,这里有整个人文的劫运?"雷达在《王府井大街六十四号》一文中,从另一个角度发出感叹:"我注意着今天的男人和女人,早已不复三十年前多是憔悴、迷乱、惊恐、叵测的神色,而换上了健康、紧张、专注、急躁的神色。人们似乎都盯着一个很实在的单一目标奔去,脚步匆匆。'人对人'粗暴侵犯的时代消歇了,代之而起的总不会是个'人对物'狂热占有的时代吧?"

高校是北京的灵魂和重要的一部分,清华北大更是有着不可替代的地位和分量。曾昭奋从梅贻琦的清华、蒋南翔的清华和现任校长王大中院士的清华,表达了自己对于清华乃至整个大学教育的担忧。梅贻琦校长关于大学有一段著名的论述:"所谓大学者,非谓有大楼之谓也,有大师之谓也。"曾昭奋说:"梅贻琦时代的清华,走出来一批全国有名的大师。蒋南翔时代的清华,盖起了全国大学中最高的主楼。""主楼升起的时代，正是不出大师不要大师的时代。"然而蒋南翔在国难当头的时候还曾发出震动清华园、震动华北和全中国的宣言："华北之大，已经安放不下一张平静的书桌了！"——还在为书桌呐喊。那么今天呢？在清华九十周年校庆成就展上，大家看到的是一系列"闪光的数字"：清华大学的教授中，有多少名院士、多少名双院士，建国五十周年时荣获"两弹一星"奖章的科学家中有多少是清华校友……校长王大中院士提到了清华近年来所取得的重要成果，如北京菊儿胡同住宅设计，高温气冷反应堆，计算机集成制造系统……我禁不住在旁边批注：讽刺啊。

看着时光一点点演进，看着一个个离奇的故事发生，我们能够做些什么？

这本书包含了太多的信息，使历史和现代的北京城可忆、可触。想想自己转眼也已在北京生活了二十个年头，二十年，虽未经历太过波折太过惨痛的历史，头脑和灵魂中，却也被这座城市注入了太多的内容，一分一秒，一点一滴，早已产生了难以言说的感情。时时刻刻，我也在抚摸着北京啊；北京，在一份难解的缘分中，已成为我永久的家。（《抚摸北京》，邹仲之编，三联书店，2012年11月第1版，2013年4月第2次）

2014年12月29日，北京

找到最适合自己生长的土壤
——读薛毅《上海读本》

在靠窗的位置坐着,一边等人,一边看这本《上海读本》,人没等来,书看了一半;国庆长假从山东返京的路上将它看完了。

也许是地域文化气质的不同,也许是编者审美取向的不同,《上海读本》没有《江南读本》和《北京读本》好看,看到大半的时候我还没有"入戏",看看停停,没有读到心里去。《上海读本》描摹的上海太商业太单调了,其中还有很多人夹杂着不悦的回忆和厌恶的感情,读起来有点乏味。《上海读本》里的上海不像北京,如洋葱般需要层层剥开来——过去采访过一个美国人,她说她喜欢中国,喜欢北京,中国和北京就像洋葱一样，需要一层层剥开，总是会有新的发现。书中的上海也不如《哈罗，上海》中那样生动，如此的上海，真的是有些黯然失色，还不如现实中看到的那个上海富有魅力。

也许男人和女人对上海的记忆和感悟也是不同的。张爱玲和王安忆对上海的描写倾注了情感，入到了细微处，并因此而富有个性。上海在王安忆的笔下变得有声有色起来，弄堂里的每一张脸、街道上的每一点嘈杂都变成生动的气息留在她的脑海深处。那是抹不去的童年记忆，而记忆中的童年总是美好的，记忆中童年的上海自然也变得丰富、奇异。张爱玲对于上海的认同更不必说，《到底是上海人》代表的是一种归属感，只有在那样一个地方，在大上海公寓外电车的响动声中，她才会觉得最自在。是的，人要找到最适合自己生长的土壤。（《上海读本》，薛毅，华东师大出版社，2010年4月第1版）

2010年10月7日，北京家中

跟随自我的秉性
——读周国平《偶尔远行》

偶尔远行,一出门就是南极,这正是本书最吸引人之处。书分两个部分,前半部分写南极,后半部分写欧洲。

几年前,周国平先生应邀开始了他长达五十九天的南极之旅,两个月的独特之旅将会发生什么?将有哪些奇闻逸事出现?有哪些独特感受来满足读者好奇心?然而作家就是作家,无论在哪儿都有自己的独立性情。在周国平眼里,南极无新闻,新闻是追风、热闹的,而南极是凄清寂寞之地。在一个作家的眼里,除了冰天雪地和单纯背景下不多的生物种类之外,便是他的思考和沉淀。他无法按赞助者所希望的那样去制造新闻,更无法为了迎合读者而对那里的"惊险"夸大其词,在他看来,南极就是南极,以它的本来面目静静地待在那里。"在远离新闻的地方,才会有真正的体验。"如果你只是用记者的眼光在这里寻找新闻,你所能找到的就只能是一些暂居这里的人之间的琐事,而对南极本身却视而不见,"南极的价值恰恰在于它的千古纯净,超越于人类的一切污染包括新闻污染之外"。

然而,有人类居住的地方都会呈现人类的本性,南极的考察站也不例外。周国平在南极看到的长城站就是一个社交的小圈子,就是一个人类的小社会,暂居那里的人们频繁地欢聚、热闹、与外界交往,做一切逃避寂寞冷清的努力。隔三岔五还要按照人类制定的规则开会、讨论、制定方略计划,和在中国大陆上看到的几无二致。这热闹使周国平深感乏味,"没有个人价值目标的人集合在一起,集体生活就会成为价值本身……你跑到这天边来,当然不是为了把两个月的光阴耗在琐碎的人际关系上。"

周国平先生是作家,作家必然有独处的能力和需要。我同意他所说的,"在都市也罢,在南极也罢,每个人总是按自己的秉性生活的"。在那里,他白天关门写作,傍晚海边漫步,领略大自然的伟力和神奇,自始至终过着清静自由的日子。在冰山和海洋阔大、简洁的背景下,抛开俗务,凝视心灵,如此单纯的经历其实是难得的。在阅读的过程中,我脑子里不时地在想,如果是我在这么一个寂寞清冷的地方待上两个月,又会有怎样的感受呢?无论如何,一定丰富而独特。

作家是靠思想过活的，需要一种沉静的力量。在那与世隔绝的五十九天里，他跟随自己的本性躲避人群，远离喧嚣，拒绝考察站多数的社交活动，获得了不同的感受，这是他真正的财富和收获。在那里，他看到现代人生活的两个弊病：一方面，文明为我们创造了越来越优裕的物质条件，远超出维持生命之所需，那超出的部分固然提供了享受，但同时也使我们的生活方式变得复杂，离生命在自然界的本来状态越来越远。"对极限体验的追求是对现代文明的抗议和背叛，是找回生命的原始力量和原初感觉的努力。"置身于特殊的环境中，他看到了人与自然、人与人、人与社会的关系，看到社会是一个使人性复杂的领域，"对于那些精神本能强烈的人来说，节制社会交往和简化社会关系乃是自然而然的事情"。在一个无比单调的空间里，他反而拥有了丰富的人生感悟，更加地照见了自己。

　　作家同时又是富有人性的。在南极，他被一位专门研究贼鸥的科学家讲的故事震撼了：有一回，科学家看见一只小贼鸥掉在了冰窟里，它的妈妈围着冰窟窿转圈子，焦急地叫唤着。很显然，这个可怜的妈妈完全没有办法把自己的孩子救出来。当时，这位科学家只需伸一伸手，就能救小贼鸥一命。可是，他想到不该对南极的生态进行人为干预，终于没有伸手。第二天，他再去那里看，小贼鸥已经冻死在冰窟窿里了。这故事让他，也让我倍感痛惜。我和周先生的感觉一样："在这种情形下，人是应当听从自己的恻隐之心的。唉，我多么希望经过那个冰窟窿的人是我而不是一个科学家啊。"

这让我联想到二十年前我在新闻学院读书时，老师在课堂上讲的一个经典案例：新闻记者看到有人要从桥上跳水自杀，是应该去救人，还是应该"客观报道"？如果说当时我还年轻，在"新闻原则""职业素养"等概念的迷惑下确被这个问题问到了两难境地的话，那么现在我则会毫不犹豫地说：当然是救人！生命重要还是你记录下来的新闻重要？一条见死不救拍下来或写下来的新闻，究竟有无价值，价值在哪里？在今天的我看来，这简直就不是一个问题，和科学家面对小贼鸥是一个道理。我们可以暂时丧失新闻，丧失科学，但我们不能没有人性，缺乏人性的新闻和科学黯淡无光，不是人类的福祉。

在别人的眼里，作家周国平或许有点孤僻，或许有点不合群，但我知道他的内心是充实、欢喜、满足的。现实中的我，也有类似的性情和倾向，与这本书的感觉和气场相合，因此读来颇为愉快。

本书写欧洲的部分风格与南极部分一脉相承，平和散淡，自然随性，显示了作者一贯的真性情。德国、法国、瑞士，或讲学或暂住，均非匆匆的行旅，所以自有一种从容。

书中写到的很多地方也是我曾去过的，像罗浮宫、圣母百花大教堂、瑞士小镇、地中海，读来自然亲切。但我跟团的旅行没有他悠闲自在，我没有机会到他说的塞纳河左岸闲逛，据他介绍，"塞纳河左岸的拉丁区是文人必逛的地方，这里的每一寸土地似乎都积淀了深厚的文化"。我没有机会像他一样参观圣彼得大教堂前先去参观梵蒂冈博物馆，饱览那里的拉奥孔群雕和拉斐尔小室里的《雅典学园》。我没有机会像他一样跳进戛纳宁静的海里自由徜徉，我没有机会像他一样住在海德堡最美丽的城堡下，在舒缓的节奏中领略小城迷人的自然和人文景观……对于作家，这些都是难得的经历和体验。所到之处，他用人文的眼光去搜寻和发现，用本我的心灵去感悟和思考。在巴黎的先贤祠，他看到"一个懂得《小王子》作者之伟大的民族是多么可爱"。在朋友给他过五十岁生日的刹那，他陡然感到自己"对人生已有了一种超乎恩恩怨怨的感激"。而面对香榭丽舍大街鳞次栉比的奢侈品商店，和我的感觉一样，他说他看不懂，"它们使我疲劳"。

在海德堡，他和家人一起度过了六个月的温馨时光。那六个月里，脚步是缓慢的，时间是柔软的，他一边给海德堡大学的年轻人讲学，一边又不耽误陪妻女散步、漫游。看着亲密的爱人相伴身边，看着不到十个月的女儿快乐成长，他由衷地感到幸福。"啾啾正在学步，她多么幸运，在这样美丽而广阔的地方学会走路，走向美丽而广阔的人生。"一点一滴，都成了作家笔下温暖的回忆。文学即人学，这些景致，亦是书的一部分。（《偶尔远行》，周国平，长江文艺出版社，2013年5月第1版，2014年9月第4次）

2015年9月29日北京家中、紫竹桥

日本，短暂的停留
——读张燕淳《日本四季》

如果不是有机会去日本出差，我或许就不会将这本书买来读。因为我对日本，原本没有太好的印象和特别的兴趣，如果不是因为公务，可能压根儿也想不起来去那里旅行。

除了历史的原因，在我个人的印象里，日本人严谨而刻板，这种严谨和刻板在很多时候是好的，促成了很多务实的成绩。然而从欣赏的角度，我似乎更喜欢欧美自由浪漫、轻松幽默的做派，两相对比，总觉得日本人少了很多的生气和情趣——虽然实际上可能并非如此。

在这本《日本四季》里，作者张燕淳以一个家庭主妇的身份记录了三年旅居日本乡间的所见所闻。这样的家长里短和日常琐碎，或许也只适合此时的我在合适的机缘里翻阅，因为了解一点总比不了解的要好，而且如此的个人体验也总比旅游手册上一本正经的介绍更具价值和可读性。

而到达一个陌生的地方，一定还会有些比书本更为鲜活的经验和感受，那将是个人化的、因人而异的。两相对照，或许也能获得一份独特的喜悦。

曾经买过日本人写的书，不知是文化的差异还是翻译的问题，读了不到三分之一就读不下去了；曾经接触过日本人画的画，日本人眼中的中国人也是无声无色的；曾经跟日企的朋友聊过日本公司的文化，虽优点多多，但直观上似乎并无深入的欣赏和认同……倒是多年以前姥姥讲起的那些亲历的往事似乎来得更为真切。

听姥姥说，在那些特殊的岁月里，面对日本鬼子的轰炸，她曾携年幼的妈妈四处躲藏，庄稼丛中，不谙世事的孩子不停地哭泣……

那些日子对于那一代人来说，想必是不堪回首的。

一切都过去了，尤其是身处开放的世界，留给后代的，更多的可能是一些复杂的情绪。就像《日本四季》的作者，这个台湾长大、来自美国的中国人，一方面背负着历史的包袱，一方面体验着真切的友谊，面对和自己一样居家过日子的日本主妇，面对和自己一样送小儿上学的"哈哈（妈妈）"们，又常常不由自主地忘记了国度，忘记了日本人、中国人、美国人的界限，将眼前活生生的人只是看作了"人"。

相信这样的情感也是真实的。

而我，只不过以一个旅人的身份，将在那里作几日的逗留而已。

在飞往宁波的万米高空上，读完了这本《日本四季》。也许女人与女人之间原本有着很多的共性，越是读到最后，似乎越是深入其中了。书中的日常琐碎和家长里短原本也是生活的一部分，有时反而因为平常而更显真实和珍贵。因为那也是生命中曾经经历和拥有的一部分，就像书中提到的茶道用语"一期一会"——视事如一生只有一次的机会，尽力做到极致。另外，我还为作者在儿子生病时为其折叠千纸鹤祈祷的片断所打动——一旦牵扯出情感和人性的元素，总未免会有些许的感伤，就如此时飞机飞临宁波上空，而我心中却有着许多的牵扯和挂念，以致如此坐着，沉默着，任记忆和时间往来穿梭……（《日本四季》，张燕淳，三联书店，2008年第1次）

2008年11月26日，CA1839航班上

园,人类精神的依傍
——读陈子善、蔡翔主编《园》

我是在对园林、花草发生兴趣的时候,于中关村图书大厦发现并买下了这本书。很多的机缘,总是要在不早也不晚的时候发生,而这顺应自然的一切,却永远那么美妙。

和这个系列的其他读本一样,《园》围绕园林、家园、花园、公园、庄园、故园、校园等展开,因作者、境遇、感悟不同而各具特色。有人借园林的草木、建筑之美表达人与自然的接近,有人借对故园的幽思怀想表达人间世事的沧桑,有人借行旅中公园的见闻表达那一刻的观感;或侧重于对自然的赞美,或侧重于对生命的省思,或侧重于对人生的思考,呈现出不尽相同的世间万象。

不同的时代、不同的命运给予了人们不同的际遇，他们笔下的"园"也不尽相同。鲁迅的《从百草园到三味书屋》以少有的平和写出了少年时代读书和玩耍的回忆，该文又因被选入中学课本而为大家耳熟能详。宗白华以美学家的视角谈中国园林的建筑之美，对于园林空间的借景、分景、隔景等有专业的论述。宗璞谈在昔日的燕园邂逅美学大师朱光潜，再现大师的音容笑貌，其渗入了生活的美学观点再度引起我的共鸣。比如朱先生把文学批评分为四类：以导师自居、以法官自居、重考据和重在自己感受的印象派批评。他主张后者，"这种批评不掉书袋，却需要极高的欣赏水平，需要洞见"。其审美的人生态度更是与我自己的心性相合，读来倍感愉悦。

　　重读史铁生的《我与地坛》，仍觉感人肺腑。地坛于他，已不仅仅是一个园子，而是承载了他的精神、他的苦难、他的思想、他的情思的生命中一个不可分离的地方。在那里，有他的徘徊，亦有母亲的期盼，有他的寻觅，亦有母亲的等待，春夏秋冬，日复一日，直到有一天母亲去了，直到有一天，他这个轮椅上的作家也飞升了天堂……"地坛的每一棵树下我都去过，差不多它的每一米草地上都有过我的车轮印。"他对这园子的感悟，自然不同于任何一个游人。在他的耳朵里，"满园子都是草木竞相生长弄出的响动，片刻不息"。在他的眼睛里，"春天是祭坛上空飘浮着的鸽子的哨音，夏天是冗长的蝉歌和杨树叶子哗啦啦地对蝉歌的取笑，秋天是古殿檐头的风铃响，冬天是啄木鸟随意而空旷的啄木声"。用艺术形式对应,春天是一幅画,夏天是长篇小说,秋天是一首短歌或诗,冬天是一群雕塑;以梦对应,春天是树尖上的呼喊,夏天是呼喊中的细雨,秋天是细雨中的土地,冬天是干净的土地上一只孤零零的烟斗。他说:"因为这园子,我常常感恩于自己的命运。"在这里,他思索要不要去死,他思索为什么活着,他思索为什么写作,在他的生命中,似乎注定了要去应付这些沉重的命题。在解开一团又一团迷雾的过程中,他写出《宿命的写作》,他写出《写作的事》《活着的事》《灵魂的事》。这园子,默默地与他同在并承载了这一切,于他有着不同凡响的意义。

徐迟的《废园》回顾了家乡南浔镇上四个私家花园的兴荣衰败。作者儿时曾经在那里玩耍,目睹了园子的优雅布置和美好景象,以及园内富贵奢华的生活。然而没有想到,三十年后再回故乡,彼时的几处花园均成了废园,凋零破败,无人看管,刹那间不见了昔日景象。园子有的毁于大火,有的毁于时间,有的不知缘由地被抛置在荒野中……园林的变迁亦是人事的变迁,园林的命运亦是人间的命运,沉浮不定。读到此处,未免感叹世事的无常、无奈,以及永恒之不可得,置身于此间,倍感惆怅和力不从心。

还是让园林回归园林吧,不要掺杂太多的思虑,不要承载太多的负累,让呼吸与草木相通,让万物自由伸展,让天地滋养出快乐欢娱的情绪,让人和自然一样天真和纯粹。如沉樱在果子熟透的季节带本散文坐在果园小屋的窗前,和鸟一起采摘果实,成为果园愉快的食客;如汪曾祺每天都醒在鸟叫声里,躺在昆明自家的小花园里,看天上的云彩,聆听草在耳畔的声响,或者看书做事之时,看海棠花瓣无声地飘落在花梨木桌上……

这美好的景象让我联想到紫竹院公园,而我爱上园林、草木也是从紫竹院公园开始的。紫竹院在我单位附近,每天我坐在办公室里就能看到公园里的湖水和苍翠的树木。而真正爱上它,还是近几年的事,大概从学习花鸟画开始,对于花草、园林才多了一份特别的关注。我每天早上穿过紫竹院公园去上班,感受那里清新的气息,看花朵盛开,看老人晨练,看鸟在天空中飞翔,听布谷鸟悠扬的歌唱;午饭后也常到紫竹院散步,在竹林深处的幽静小路或山坡上的苍松翠柏间静心独处,安然冥想。久而久之,我对公园怀有了深厚的感情,对那里的一草一木、四季更迭都已十分熟悉。

紫竹院除了一年四季竹影婆娑,园内还有湖,有河,有亭台楼阁,有小桥流水。南面的紫竹湖占了将近一半的面积,开阔明朗,北面的竹林小径通幽,安静清凉,园林集北方的大气与南方的秀美于一身,设计精巧,却又仿若天成,不露痕迹。林内百鸟欢歌,时而还有吹箫人传出婉转的心曲,更给园林增添了韵味。长河水承载着历史和昔日皇家的荣光于园内蜿蜒穿越,不息流淌,给人以无限的遐想……

如今，每天早上穿过紫竹院公园去上班已成为我一天当中最幸福的事，在这园子里，每天每天都有新奇和惊喜的事情发生。当春天来临，迎春开出第一朵小花，之后的每一天都有期待，碧桃、美人梅、海棠、丁香、紫荆、锦带、牡丹、蔷薇陆续开放，你方开罢我登场，很是热闹。驻足花前，沉醉其间，常常不忍离去，想倾尽全力去留住那美好的时刻和美好的瞬间，让时光长久。有时候在公园里，还常碰到花鸟画大家徐湛教授和夫人，可以一边散步一边向他请教中国画的问题。随着花鸟画学习的深入，我对花草的感情也在日益加深，很多过去叫不出名字的花木都是在这里识认的。而心灵与草木沟通，更是变得愈加地纯粹和纯净，行走在草木间，身心融入的刹那，内心充满了欢喜。走在园中的小路上，常常会看到喜鹊在竹林间蹦蹦跳跳，这园子处处呈现的都是欢乐美好的景象。有一天我忍不住将于我眼前晃动的喜鹊拍下来发在了微信里，并留言说：没有哪一个公园被我理解得像紫竹院一样深刻了。我越来越爱这个园子了。这是由衷的话语。而关于这个园子，已远非几句话能够言尽，所以暂且打住，日后有机会再专门讨论。

回到书籍，回到书中"园"的主题，园与人，人与园，原本有着如此密切的联系，家园、故园、公园、菜园、果园、花园，在人们的心里，原本都浸染了无尽的情感和无尽的回忆。（《园》，陈子善、蔡翔主编，项静选编，山东文艺出版社，2014年6月第1版第1次）

2015年5月24日，北京家中

面朝大海，春暖花开
——读陈子善、蔡翔主编《海》

我爱海，几乎每年都与大海有至少一次的亲密接触。而今年，整个夏天已被安排得满满当当，先是七月份每个周末的书法培训，后是八月份半个月的欧洲之旅，之后便要接上咪宝开学，想必这个夏天是没有机会去海边了，于是捧起陈子善、蔡翔主编的《海》，权且过一把精神的海瘾吧。

《海》，将茅盾、老舍、巴金、冰心、郑振铎、王蒙、丰子恺、余光中、秦牧、唐弢、苏青等作家写海的散文集纳在一起，与爱海的人分享海的不同情状以及作家对海的不同情感和情怀。同样的热爱，却有不同的感悟。有人侧重描写海上绝美的景色，有人注重分享海边奇异的见闻，有人深情回忆与海有关的种种经历，也有人重点关注渔村和渔民的生存状态。每个人的海都是不同的，然而对于大海的浩瀚与神秘，他们表示出了一致的叹服和敬畏。在海的面前，一切都显得那么渺小，那么无力，那么微不足道。即使是一个熟悉水性、自以为可以与海搏斗的渔民或水手，到头来依然会发现，其所谓的"搏斗"，更确切地说，仍是对海的"顺应"与"尊重"。

余光中在文中谈到海在中外文化中的不同地位："我们这民族，望海也不知望了多少年了，甚至出海、讨海，也不知多少代了。奇怪的是，海在我们的文学里并不占什么分量。"他谈到绘画也是如此，我联想到某日在国家博物馆看的一个展览——美国大都会艺术博物馆精品展，其中的一幅海上日出的油画作品给我留下了深刻印象。晨雾弥漫之中呈现淡灰调子的大海之上，虽无瑰丽奇异的色彩，却有着少见的平和与宁静，给人无尽的美的享受。而中国画中，似乎真的没有看到过海，这是为什么？我不由得想象，如果有一天，在宣纸上画一幅海上日出图，那会是一幅怎样的画面，将引发怎样的感受？面朝大海，我们可以挥毫一试吗？

在斯妤眼里，南方和北方的海是不同的，她怀念故乡厦门的海，"这是南方的海，我故乡的海，终日奔涌喧哗着阳光的海。我曾是那片海域的女儿，它那湛蓝得近乎神奇的宽广怀抱，培育了我最初的温婉深情、明媚清丽"。对于海边长大的她来说，大海的某些表情和秉性应该早已于不经意间注入了她的生命和血脉吧，因此无论走到哪里，家乡的海的气息都会萦绕着她。

我出差看到的是在飞机起飞和降落的瞬间俯瞰的厦门的海。远远望去，被楼群和山头分割的海域如斯妤描写的一样湛蓝，因距离产生的美使厦门的海在我的想象中更加富有诱惑力。

在我的印象里，南方和北方的海也是不同的。比如三亚的海，明显多了一些清秀与灵动，而青岛的海，天然滋生着北方的朴实与敦厚。同样的名字，因时、因地、因机缘的不同，却有着不尽相同的造化，熟悉它的人们，会在细微之处嗅出属于自己的那一片海洋，无论走了多远，或许终会回来。

而大海，在被安守的时刻也是最美丽的。这让我想起泰国沙美岛的另一个场景：在我们留宿沙美岛的一天时间里，早中晚三餐几乎都能见到一位黄头发蓝眼睛的女士，面朝大海，安坐桌前，铺开一张白纸，不停地写着，写着。我不知道那纸上面写的是什么，信笺？小说？抑或诗歌？但她的神态和表情是那么平静淡远、从容笃定，海边的时光在她那里是不疾不徐的，她，连同她的文字，似乎都将与海长相处，长相依……这亦是海边难得的风景，充满了诗意和想象。

我想去海边了。

每当夏季来临，我都会情不自禁地想要策划海边的旅行，无论是远在异国他乡，还是近在城市周边。每一次的海边之旅，都给我带来无尽的美好回忆。

想起兴城的海边木屋，耳畔仍弥漫着哗哗的海浪声和湿漉漉的记忆；想起长滩的落日帆影，心情便被衬托得轻快明丽；想起澳门的黑沙滩，烤秋刀鱼的香气仍驻留在舌尖；即使是在天津乘汽艇翻入大海，过后亦是温馨的回忆；而一家三口一周的日韩海上巡游，则将人生的平静、悠闲与幸福挥洒到了极致……

难忘某个傍晚在乐亭的海边，在沙滩上简易的卡拉OK场，老公拉着女儿的小手，一起唱《晴朗》，以及我们刚刚认识的时候他给我唱过的《其实不想走》，那一刻的时光，在大海简洁的背景下，显得如此美好……

前些天我又提议去海边，没想到女儿表现出意外的冷淡，说她不想去海边了，我问为什么，她说怕晒黑了。那一刻我忽然意识到，眼前的这个小姑娘，已不是昔日那个小孩儿了。从八九年前暴晒在三亚强烈的阳光下不管不顾地挖沙子，到不愿去海边，怕晒黑了，不知不觉中，这个小孩儿，已经是知道爱美的十二岁的大姑娘了。那一刻，内心不经意间被轻轻触动，并引发了许多的唏嘘感慨。

我不知道时光还会改变什么，但我知道我依然喜欢海，因为每一次海边的记忆，都与家、与爱相连。合上书本，我又陷入了对海的无边遐想……（《海》，陈子善、蔡翔主编，项静选编，山东文艺出版社，2013年5月第1版第1次）

2014年7月25日，北京

安住,并徜徉
—— 读陈子善、蔡翔主编《行》

行,这是一个诱人的主题,在看见这个字眼的刹那,思绪便被牵至远方。人类正是在不倦的拓展和求索中不断地发现和自我完善的,受着好奇心的指引,我们总是要走向远方,在现实抑或精神的世界里尽情邀游,发现不一样的天地,获得不一样的识见,感受不一样的情思,在自我往昔和未来的生命里自由穿梭。

时至今日,已经走过了许许多多的地方,然而出行的欲望并未消失——世界太大,而且走过的地方越多,你就越能感受到世界之大与自我之小,就越能看到众多与自我不同的存在——在地球之上,原本有着许许多多不同的生命,以不同的形式在与我们做着相同的呼吸，无有好坏，使我们形成更为阔大的心胸，去发现和欣赏万物之美，与之共同构建当下的世界。

当然，由于是旅行，所以充满了未知数，每个人的行走都带着自身独有的际遇和心情。这本《行》里，有些人的行旅带着时局的沉重和家国的哀思，有些人字里行间渗透了远游的孤单和游子的惆怅，有些人则完全陶醉在大自然的神奇造化和眼前的良辰美景之中……抗战时期，施蛰存在昆明"消磨"了三年，又在福建的山水中游历了些年岁，他的大脑完全屏蔽了炮火，在清静的自然中总结出游玩心得："真会游山的人，最好不要去名山。所谓名山，都是经营布置过的。"在无人的大山小道里，他兀自挥霍着典型的文人性情。汪曾祺写桃花源的见闻，散散淡淡，朴朴素素，却也有着无尽的味道——生命原本就是朴素清淡的吧？游山玩水之中，原本也可以不加一丝所谓的知识、文化和沉重的历史感。《圣经》说，自从人类有了知识，便失去了无知的快乐，有时候的确如此。汪曾祺文字里的这份清淡，也不失为一种风格和境界。

当读到费振钟写江南古村的日渐消失，只有不多的几座在江浙皖如标本般存在着时，我想起北京顺义的司马台村转眼间变为古北水镇——开发商开发的假景，只有村——不，村也不叫村了，只有"镇"，而没有了人，那里的人们已经被"赶出"了家园到别处居住。费振东感怀他眼前游人日益增多的郭洞村的未来，"我们最后将看到，人在这样的村庄中，已不像往昔那样被隐藏，而是退出了村庄之外。没有声息，没有生活表情，没有人的日常活动，村庄就蜕变成空壳和废墟"。我忽然间又想起了无锡的巡塘古镇，人都搬走了的巡塘古镇，不知道今天又是一番怎样的模样？几年前出差去无锡，住在枕河而建的美丽的巡塘古镇边，但没想到，夕阳映照下如诗如画的巡塘古镇，走进去却是一个大工地——在为旅游开发紧锣密鼓地作改造。然而没有了人的古镇空空如也，立在那里如躯壳般寂寞和荒凉。一个没有了人、没有了人气、没有了原住户的地方，真的还会有灵魂有生气吗？一个在金钱诱惑下被迎合改造、被迫失去了本真的地方，真的不会发出无奈的哀鸣吗？

而当读到张炜世外桃源般的"美丽的万浦松"时，我的心境切换到另一种氛围，激起内心无限的向往："我的写作与读书处就在松林里，就面向了大海。一抬头就是松海之绿，就是波涛之上的各色船只。鸟儿们不停地在窗前嬉戏，探头向里观望……"这不是今年夏天我曾经幻想过的情景吗？面朝大海，读书写字！——今年夏天我有一个相对较长的假期，原本计划去美国，然而前一阵子正好赶上美国全球签证系统崩溃，迷茫之时我曾经幻想另一个计划——到海边，到国内的某一处清静的海边，静静地待着，读书写字。就像几年前我在泰国沙美岛的海边看到的那位面朝大海，时而落笔写字时而抬头遐想的神态安详、目光温和的外国女士。那样的情景和氛围、气场是吸引我的，以至于让我至今难忘。有一天，我也将拥有这样的时光,在自我精神的世界里安住并徜徉。

　　读万卷书,行万里路。写完这篇文字,我也该收拾行李,踏上行程,开始今夏的美国之旅了。(《行》,陈子善、蔡翔主编,耿佳选编,山东文艺出版社,2014年6月第1版第1次)

2015年7月14日,北京家中

来这里,邂逅一场花事
—— 读沈胜衣《行旅花木》

　　他所有的旅行似乎都是为花木而来,带上一本花书,邂逅一场花事,吟咏一篇述及草木的诗词,写上一段关乎花草的文字,优哉游哉,不亦乐乎。而我,在这百花盛开的人间四月天,邂逅这诗意盎然的文字,是否也是难得的机缘和喜遇呢?

　　然而春天,的确是一场盛大的欢喜。从迎春冲破寒冬报来春信,到此时海棠、丁香、碧桃、紫荆灿然绽放,照耀着紫竹院乃至整个都市,身在其中的我们每一天都沉浸于无边的欢喜中。而这书,仿若欢喜之中伸展过来的一枝新的花束,更是给心头平添了一份喜悦。是的,"能有好花在身旁的时候,好好去欣赏吧"。

我很感激，能出生在这无限明媚的、初生般美好的季节，走在繁茂的花丛和葳蕤的草木间，听着布谷鸟悠扬的歌唱，恍惚间常有身心融入、物我两忘的感觉——这欢乐明快的调子和生机勃勃的气场显然是适合我的，生命中本有许多莫名的联系。陶醉其间，有时会想象自己幻化成一棵树木、一枝花朵，在阳光的照射下从容地生长，安静地感知，感受生命内在的律动与欢喜——有空气，有阳光，植物般顺应时序地生长，难道不就是一种幸福吗？这些草木，这些花朵，或孕育，或收储，或萌发，或开放，安静从容，明媚娴雅，开落有致，无论寒冬酷暑，各有姿容，悠然自在。而当春日来临，无法掩抑的内在能量重被激起，骤然释放，刹那间融汇成春天美妙的合唱。年年岁岁，岁岁年年，它们顺应自然，生生不息，从容淡定；缤纷绚烂，千姿百态，而又归于内在的寂美；安于宁静，又不避繁华，给欣赏花木如沈胜衣者以无限的欣喜与宽慰。

让我们也慢下脚步吧，无须奔跑，无须追逐，生命本身就是一场欢喜和庆祝，就是一场盛开与绽放。此时，此地，在这一尘不染的瞬间，让我们聆听花开的声音……

无论是《诗经》远古桑林里"既见君子，其乐如何"的盈盈笑语，还是曼妙西湖边折柳相赠的离情别绪；无论是"烂漫开红次第深"的满城蔷薇，还是"占春颜色最风流"的遍地海棠，都寄托着人们心中自然美好的感情。人作为自然万物之一种，自心与万物本有着微妙的感应，花事更是连着心事。擅长写花草的沈胜衣对花草自是有着一份独特、细腻的情怀,不起眼的小花小草顷刻间即能惊醒他内在强烈的感觉和丰富的联想,使他沉醉于花前树下和人生无尽的美感里。他的这本书里没有上一本《杂花生树》中的虚无和惆怅,面对大好春光,除了欢喜,还是欢喜。

是的,我们的生命,原本可以如花草般简单无染,自在美好。

自从学习花鸟画,对于花草原本木然无知的我也开始留心它们的开合与荣枯了,穿过紫竹院去上班成了我每天最快乐的事。草木有情,开合有意,春夏秋冬,风霜雨露,身边的花草绿植天天都在发生着变化,时时都在给予我们新的启示与欣喜,徜徉其间,心顿时安静下来。有一天我被满树的海棠花吸引,流连良久,追着花间飞舞的蜜蜂试图将它拍下来,就这么一会儿的工夫,再看之前还是抱紧的花苞,此时已经裂开了一条小缝。那一刻,我真的看到了花开,亦仿佛真的听到了花开的声音,顷刻间的欣喜无法掩抑。

有时候在公园偶遇花鸟画大师徐湛先生和夫人,徐先生还会给我讲解花草的名称、结构,这种花与那种花——比如迎春和连翘、牡丹与芍药的不同:迎春是五瓣,而连翘是四瓣;迎春花瓣短,连翘花瓣长……有一次说着说着,他随手捡起一截迎春花的干枝让我看,说是四棱的,我一看,果然如此。自此便知道,画家的观察,更比平常的赏花人细腻了数倍。

说到这里，想起书的作者沈胜衣。如此一个独钟花草的人，在开篇的《春水黄花闲江南》中怎么会分不清迎春和连翘呢？说实话，这使我对他的"信任"打了一点小小的折扣。然而正如沈先生赏花看重的是审美价值而非实用价值，这本书虽引用了很多文献，但毕竟不是一本研究和考证书，当作一场文人雅事，还是足可赏心的。（《行旅花木》，沈胜衣，海豚出版社，2013年10月第1版第1次）

2015年4月21日，北京

老张老刘老李，小丁小冯小蒋
——读杨葵《百家姓》

在琉璃厂的中国书店看到这本书，以为是百家姓的赵钱孙李，细看发现实则是身边的芸芸众生，老张老刘老李，小丁小冯小蒋……

当下耍笔杆子的人，记录"名人""要人""官人""富人"的太多了，记录"老张老刘老李"的太少了，然而构成我们日常生活、影响着我们心智人格并与我们的内在性情息息相关的，正是芸芸众生中的老张老刘老李、小丁小冯小蒋。一个祛除了浮躁杂染，静观内心万物的人是不会对身边众生的存在视而不见的。那些人不伟大、不显赫，各有特点，命运不同，然而每一个个体的存在，都有他独特的意义，所有的伟大与美，就存在于看似平凡的一切之中。

奥修说,真正的天真就是不知道什么是天使,什么是魔鬼。在婴孩般纯洁的人眼里,万物本无伟大与卑微之分、贫富与贵贱之分、高大与渺小之分。作者杨葵作为信佛之人,是否也已于不经意间参悟到了这一层?他笔下的赵钱孙李是客观呈现的赵钱孙李,不掺杂任何的主观评判和个人情感,近似白描的清淡之中透着恬淡平和、如如不动的性情。然而呈现即是一种感情。

书中有在出版社度过平庸一生的山东大汉乌老师,有在古庙做饭、知足常乐的杨大姐,有终日迷迷糊糊说话极不靠谱的小琴,有琉璃厂颇具古风的店伙计小罗,有为谋生计舍家离子闯荡北京的小时工小月,有风风火火干净利落却不与人争的北京妞儿小毅,有其貌不扬偶嫁他国相夫教子的梅,有在机关单位为领导开车的老钟,有在写字楼里加班不停、"扎扎实实以苦为乐"的小丁,有热衷于登山救援事业的IT公司经理小蒋,有恋慕京城、常念叨"回北京"的香港人老林,有貌似大人物吹牛扮酷讲派头唬人的"某大媒体记者"老武,有隐居山林与琴为伴的居士小顾,有混在男人堆里颇具野心的美女小茹,有"君子之交淡如水"的文化同行姚大姐,有出身金石世家不染半点烟火气的老唐,有性格温和但亦有个中喜好的老好人歌手老狼,有虔诚本分的藏族姑娘卓玛……读过之后,回看目录,仍难辨清"小张"是哪个小张,"老李"是哪个老李,然而小张老李似又天天看见,在你我周遭,似曾相识。某些地方,与我即将出版的新书《那些人》有几分相似。

作者杨葵于恬淡的文字之中,也并非全无自己的主见和性情,对事对物的看法之中,有着深入的洞察和理解的宽广,同时不乏佛弟子的随缘随性。说起事事不靠谱的小琴,他说,由小琴这一个例,想到身边很多'80后'常被老辈人斥责不靠谱,仿佛这是80后的一个群体特征。可是,'不靠谱'这样的话,要分两头说,闺密之间互相批评,那是说着玩,甚至还有亲昵的意思,就像叫人小名小狗小秃子一样。身为外人,指斥别人不靠谱,相当于一句废话,这样的结论毫无意义,因为这世上人和人千差万别,一切因缘而生,每一个不靠谱的背后,都有各自不同的心理、社会等诸多方面的原因,我们不如去讨论这些原因。再从这些原因出发,探究其背后更深一层的因缘相生。这才是一个心智成熟的人该有的态度,那些只知道指责的人,无异于盲人摸象,目光狭窄还振振有词。依我看,这才叫真正的不靠谱。"

拜访山林隐居的小顾居士时,听完一曲间杂煞音躁气的《乌夜啼》,他知道该走了,因为他"突然意识到,一个隐士,大概不太欢迎有人慕名拜访吧"。一念及此,起身下山。

而我,写到这里时,老公将面包、果酱和酸奶送到嘴边——早餐时间到,在他的督促下,我也该打住了。我的《那些人》,再过几天也该出印厂了吧?不同于《百家姓》的包罗万象,我

习惯性地将目光对准了永存于人性之中的光、爱和美……(《百家姓》,杨葵,广西师范大学出版社,2011年2月第1版第1次)

2015年4月5日早,北京家中

对文化的召唤，对土地的深情
——读贾平凹《定西笔记》

这是一次说走就走的行走。一个向导，一名司机，漫无目的地到定西的几个县随意走走转转，所见所闻，收录于此。

出生于陕南农村的作家贾平凹对于大西北的农村生活并不陌生，根系于此，便无法摆脱对于乡土的关怀吧，再次的游走乡间，或许还有一点怀旧的意味。在他的笔下，定西是中国现存不多的一片保留了农村原生态的土地，拉磨的，杀驴的，种土豆、晒暖暖、翻山越岭去上学的，都是昔日记忆里的农村模样。在一个貌似不太适合人类居住、被世界久久遗忘的山坳坳里，一方人就这样吃着酸面嚼着土豆生存了下来。作家笔下的所见所闻，有贫穷、落后的生存状态，也有沿袭传统的古老民风，无论去了哪家，都像是回到了自己的家，人们之间没有戒备，没有提防，没有怀疑，唯有本性里的良善和好意。

而在贫穷落后之中，人们对于文化和美的追求却未止息。作家和村里的住户照相，不论是独门寡居的老奶奶，还是村长的小媳妇，都要先回屋倒饬一番，将头梳好，换上新衣服才肯出来。在一个小村子里，作家更是意外地发现，那里的人们家家挂着字画，放着"宝卷"。所谓宝卷，就是一些儒释道的经典卷集。各家都以宝卷多为自豪，就是大字不识、读不懂宝卷的老太太也视其为圣物，摆在中堂作为家里的门面和镇宅之宝，对于文化的崇敬与膜拜令人感动。

作家说："目下国内字画的行情见涨，但十之八九是为升迁、为就业、为调动、为贷款、为上学给大大小小的领导送，字画成了腐败的一方面，还有十分之一二为个人收藏，收藏着随时准备倒卖。而定西人爱字画，当然少不了有行贿和倒卖的，却绝大多数是人人都爱，是真爱，买了就挂在自己家里，觉得那就是文化，就是喜庆，就是贵气和体面，能教育家人知情达理，能启发孩子们好好念书。"

而书中写到的"十八亩地"，则道出了农民对于土地的感情。从一个农民家里十八亩地的流变，看尽社会的变革和几代人的命运。这十八亩地，收了，分了，又收了，又分了，"社会的每一次变化就是土地的每一次改革，这土地永远还是十八亩呀"，有这十八亩的土地在，无论从归属上是否还属于他家，作为农民的他都是踏实的,而当有一天它被高墙圈起来,有可能被征地盖楼之时,农民心里的伤口才真的是在滴血了……

定西,虽是偏远大西北的一个角落,或许不具代表性,但在中国的大地上,农村毕竟还是占了大部分的面积,有没有更多的视角,去关注那些角落、那些水土和那些人呢? (《定西笔记》,贾平凹,人民文学出版社,2011年7月第1版第1次)

2014年10月29日,北京

第三辑

那一缕书香

感谢冥冥之中这神秘的机缘，让我们穿越时空，在文字里相遇。

> **读书去吧**
> ——天雨时光读书会有感

"天雨流芳"（纳西语"读书去吧"音译），这几个字，听来如此朴实，正如天雨在灵境胡同办的读书会——在那两个小时的下午茶里，褪尽了浮华，单纯中透着真挚。

我不知道在如今的都市，坐着地铁穿过半个城专门去赴读书会的人是否还有很多，但这样的时光于我，的确是少而又少的。它让我回想起中学时代——当我们还是中学生的时候，可能有过这样的氛围和场景。然而那是一种久违的感觉，今天的人们似乎已经无暇顾及这些，离这样的场景和氛围也似乎越来越远，蜜蜂般忙碌着，一刻也不愿意停下来——或是无法停下来，终日机器般高速地运转着，看上去紧绷又疲惫。

天雨时光读书会，适时地给我们提供了一个停下来的机会，让我们到那一片书香中去沉浸和回味。

大家谈得很投入，其间天雨竟然掏出小本子记笔记，将每个人说过的话、发表的观点一一记下来，不肯漏掉一句——这种认真是感人的。在今天这个现实的社会，真的还有人在意这些细节和感受，刹那间你会产生一丝的惊讶。而彼时的谈论并未被她的认真所影响和束缚，大家谈得自由而发散，投机而尽兴。讨论的话题一会儿被拉得很远，一会儿又被某一个人——一般是天雨适时地拽回来，回到指定的书目和作者——鲍尔吉·原野的任何一本书或李娟的《冬牧场》。

我原本是想做个听书的，但后来想想似乎有些不妥，才在读书会的头一天买来鲍尔吉·原野的《草木山河》——如果不是天雨，我还不知道有这样一位作者，这也算是读书会的收获之一吧。揣着它来到读书会的时候，我才刚刚读了五六十页，但这几十页的阅读已让我多少获得了些直观的感受。将这些感受以最直觉的方式分享给大家，又引起大家新的联想和分享，活泼、欢快，谈笑之间获得了很多的享受。

而大家推荐的书目，又进一步拓展了我的视野。比如天雨谈到的《一个瑜伽行者的自传》，FS提及的《遇见未知的自己》，都让我产生了许多的好奇，改天我要买回来读。

读书会就是一次朋友的聊天，大家的谈话是感性的、跳跃的、流动的、闲散的，让我联想到陈丹青一本书里配的毕加索画室几个抽烟闲聊的人的插图,旁附文字:"阳光、烟雾、闲在、风雅……艺术不是上课,艺术不可学。学艺术端看你遇见什么人。卡帕这幅照片(局部)摄于毕加索画室,窗边另有几位朋友在交谈,时在20世纪30年代的巴黎——往事如烟,在我的70年代记忆中,上海朝野艺术家也常这样临窗而坐,无为而谈。"艺术如此,那么文学和人生呢?宛若时光轮回,恍惚中我感觉似乎穿越了时空,回到20世纪30年代的巴黎,或回到70年代上海的"无为而谈",闲在,逍遥,无拘无束。

坐在我对面的天雨不停地记录着读书会的细节,而我始终陶醉于这样的氛围,那是一种自由愉悦的感觉。

我想,即使我做个听书的,或许也没什么吧,因为读书会太随性了,只要你爱书,总有东西可以分享——融洽的交流不会是刻意的,太过约束的读书会也不会长久……而下一期的读书会听上去更合我意:分享任何一本您喜欢的书——如果您不爱鲍尔吉·原野,对《冬牧场》也无兴趣,那么您总有一本书是自己喜欢的吧?2月22日,读书去吧。

2014年1月21日

春暖花开，我会再来
——天雨时光读书会第二期

早早就开始盼望的第二期读书会来了，内心怀着喜悦来到凯德晶品四层的太兴茶餐厅——天雨的安排是那么随性、那么人性，上次在灵境胡同地铁旁边，这次在万寿路地铁旁边，根据参与人员的实际情况，随时调整，并尽可能地给大家提供方便。而我无论远近都是会来的，因为我喜欢读书，喜欢这抒发的快乐，它是和我接近的。

三个女人一台戏，这次的读书会可以凑足两台戏了。上次来的两位男士这次没来，又来了两位新朋友，都是女性。大家禁不住调侃：女人在读书，男人都在干什么？然而女性聚会有女性聚会的乐趣。

我们的谈话当然还是从书开始——每个爱书的朋友都从

包里拿出一两本自己喜欢或正在读的书跟大家分享。桌上摆着茶饮，摊着书，面对面闲聊的感觉实在美好。天雨拿出她的《一个一个人》，介绍它独特的装帧，我着实开了眼，大家也颇感吃惊——这本书是一位70年代出生的作者写的他所经历的印象深刻的人和事，而它类似旧书的装帧设计和那份怀旧的心情是那么吻合：纸张泛着黄，像是搁了很久很久，难以想象它其实是2012年才出版的新书。参观门票、餐饮发票、歌曲磁带的包装纸，横着竖着，都像是随手夹在了书里。我抠了抠，拿不下来，是印上的，但感觉却是那么真切，与那一刻的生活是那么贴近，许多个朴实的瞬间就凝固在这些细节里了。我还是第一次看到这样的设计，设计者真的是捕捉到了书的精神实质，做到了书与作者、书与时代、书与书里的人和事的高度契合。一个用心的设计师总是能给人意想不到的效果，而看到它的那一刻，我也受到了启发。

瑞内——顺便说一下，这个名字真雅致——她跟大家分享了渡边淳一的小说《红花》。也许是小说的虚构与我内在的真实有些不符，我不爱读小说，感觉自己跟小说是有隔阂的。但听瑞内讲故事我是开心的，何况那故事还是女人热衷的爱情婚姻八卦之类的，听起来轻松愉快。不仅听了故事，还给我补了小说课，多么愉快的一件事。顺着瑞内的思路，我也跟大家分享了我刚看完的胡兰成的《今生今世》，那也多半是关乎男人女人的，粗俗地概括起来，就是一个男人和八个女人的故事，呵呵，在女人堆里发些感慨，更加直截了当，更易引起共鸣。

雾霏雪带来了《目送》。龙应台的《目送》我在书店看到多次，但买下的念头不强，所以一直没买——就让读书顺应内在的直觉吧。但我同样很高兴雾霏雪跟大家分享她的读书心得——不用读书就能了解到书中的精神，多么开心的一件事啊。她的所得是：时光有限，珍惜身边你爱着的人们，你的父母、公婆，你的家人……读书，总是给予我们向美、向善、向好的思考和感悟，让我们自我照见，自我觉知，使我们的心灵更加纯净明亮，更加自知自足。

雾霏雪十一岁的小女儿也来听书，并随机跟大家作了分享，孩子的视角，总容易有大人们没有的发现。

自称怀着踌躇和忐忑前来的新朋友金薇——又是一个好听的名字，阳光灿烂的感觉——拿来了梁实秋的《雅舍谈吃》，跟大家分享的神情真诚而专注。而她更多地讲述了自己的故事和当前遇到的困惑，她的讲述同样是真挚的，将大家引向了关于生活、事业、家庭的讨论。大家的分享都同样真挚，类似姐妹间的谈心，顷刻间使读书会变得更加亲切了……

将近三个小时过去，关于书的第二轮分享恐怕是没有时间进行了。没关系，那就打住，留待下次。这围绕主题又不排斥随机抒发的自由轻松又感性的氛围是我喜欢的。

下一期，3月22日，春暖花开，我会再来。

2014年2月23日，北京家中

若不挣脱，何以飞翔
——天雨时光读书会第三期

这是一次小型读书会，这一期小到只有三个人：天雨、瑞内和我。而天雨说，就是只有她一个人也会来，在这儿坐坐也挺好的。是的，这样的独处我也常常有。

而我，依然喜欢这样的氛围。这是文学的氛围，是女人的氛围。我们的话题会从任何一个地方感性地切入——瑞内问："你的耳环……"天雨答："不丹买来的。"有比这样的随意和散漫更让人愉悦的吗？

对于这小众的聚会，瑞内说："可以肯定的是，到这儿来的人内心都是纯净的。"

我深以为然。

接着瑞内的"纯净"话题,我跟她们分享了我带来的《童心百说》。上次读书会就想跟大家分享这本书,但谁说的来着,越是看重的事情越容易错过。我天天念叨读书会呀读书会,一定不能错过读书会,当读书会真的到来的时候,我却将时间弄错,真的错过了,所以遗憾地与它擦肩而过。

而这一次,我仍然带来了《童心百说》,因为在这一时期它深得我心。作者刘再复六十岁后趋向童心的"反向努力"意识开始觉醒,写出这本《童心百说》。我一直在想,从今天开始我们就可以做着这样的努力了吧?将一切复杂的、无关的、不必要的东西剥离出去,让生命变得更加透彻而鲜亮,让人生脉络变得更加清晰,难道不是一种幸福吗?

我们的谈天信马由缰,直至谈到信仰,谈到光……是的,让纯净的我们再纯净、再纯粹一点吧!

刘再复复归童心,还将拥有童心的作家和不乏童心的众多文学人物一一列举出来,文章不长,却与心灵有着内在的感应——是什么,你便会感应什么,是什么,你便会吸引什么,是光,你只能吸引过来光。三五雅集,清淡书香,往来穿越,迷离美好。

天雨和瑞内都带来了小说,几乎从不读小说的我带来的是随笔。于是话题又回到散文与小说,并回答了我为何不读小说。

一直以来,我觉得我与小说是有隔阂的,较之于随笔和散文，我感觉小说与那种原始的真诚仿佛"隔"了一层什么，这种感觉成为我通向小说的一道屏障。而我听瑞内和天雨谈小说，谈得是那么饶有兴味，顿时仿佛也有了一丝神往。但我还是更愿意听瑞内讲小说，既没有让自己勉为其难地去读小说，又愉快地了解了故事梗概——因为瑞内讲得有声有色。权当这是读书会的收获之一吧。而她们俩，则真真是陶醉在小说的美感里了……

读书会的话题包罗万象，全看彼时的心情与契机而定，屋子里的空气是流动的，因而是美的。读书会后，我看到天雨发的微信："今儿读书会，谈的话题有陆小曼这辈子活得值不值，林徽因是不是"绿茶婊"，看什么书是否与年龄有关，为什么有人爱看散文不看小说，当我们看小说时到底看到了什么，人生的真相指什么，为什么有些人懂得应对不同的人，翻译文学能有多美需看傅雷，不安全感是否人人都有……"

我欣赏她的最后一句话：跳跃得越凌乱越快乐。当然，穿插其间的还有八卦。天雨的概括又一次深得我心，她说："女人聚会没有八卦就像男人聚会无酒，怎么能行？"

呵呵，下次再见。

2014年4月28日，北京

相约彼岸，春暖花开

北京人民广播电台《美丽人生》栏目要做一次新的尝试，将我的这期谈书籍和人生的节目移到彼岸书店现场录制。由于时值阳春三月，栏目的编辑智慧女士还灵机一动想出了一个诗意的主题，叫"相约彼岸，春暖花开"，先行营造出一种浪漫的氛围。

预定的3月13日临近，报名参与的人数没有预计的多，但我们还是决定如期录制。在我看来，当今的文学爱好者，本来就不是一个大众的群体。我作为一个不知名的业余文学作者，和节目往期邀请的嘉宾如高晓松、老狼、古巨基、林青霞等等自然还是有些距离，但每个人都有自己不同寻常、值得记取的人生道路，在生活的细微处散发着光彩。机缘相投的人在合适的契机里，彼此激发碰撞，感受生命之美，无论如何是件美的事。栏目选择的彼岸书店，恰恰也是一家"致力于严肃阅读的独立书店"。我赞同主持人甜甜的决定：来多少人我们就对多少人负责。

然而那个下午是迷人的。参与者怀着简单的心情陆陆续续到来，不大的书屋顿感温馨。甜甜小妹更是以顾城的诗歌开场，顿时将我们引向一个辽远的时空，一个空灵的疆域，一片诗意的氛围："你／一会儿看我／一会儿看云／你看我时很远／看云时很近……"时光在那一刹那变得恍惚飘飞起来，超越了时空，超越了心念，回到诗歌的年代，回到曾于诗歌中消磨的烂漫的青春岁月……而正当人们沉浸于诗歌的迷离幻想之时，甜甜拿出事先带来的吉他，现场弹唱自己谱写的吉他小调，动情，沉醉，目光和表情里唯有纯净和诚挚。我相信在那一刻，所有的听众，包括我在内，都被深深地感染了——无论世事多么纷繁，人间多么喧嚣，诚挚仍是我们内心的期盼与共鸣，在合适的机缘里，仍然撞击着我们的灵魂。书屋不大，却于那一刻让我们看到彼岸花开。

在恰当的气场里，每个人都是一场花开。接下来的聊天自然、真挚，没有一句不是肺腑之言，没有一句不真实真切，因此源源不断，滔滔不绝，那是生命最本真的模样，是生命最自然的流淌——我们需要自然地流淌，回归我们的天然本性，回到一种最康健的状态。那个下午,就是这样的状态。从主持人的动情表述,到听友的专注、投入、微笑和掌声,无不让人心生温暖、心生感动乃至感恩。人生就应该停留在那里,停留在那一刻的真实纯粹里,让生命纯而又纯。在谈话中间,主持人还不时地穿插书里的内容——她显然是事先做了一番功课,将我的"书文化"系列和"笺边琐记"系列七本散文至少大致翻阅了一遍,挑出她喜欢的篇目和大家分享。"向着光,向着爱,向着美……"大家安静下来,只听到一个带有磁性的、穿越时空的声音在回荡,回到彼时,回到彼刻,回到书籍和生活之中那些曾经驻足的刹那,那些曾经感动的瞬间,勾起人们共同的美好记忆和心中温暖的情愫。书籍与人生,原本就是不可分割的整体,平时于一点点的光阴里书写的,不正是平凡却美丽的人生吗?但没想到,这用情的书写,更因主持人动情的朗诵增添了光彩,她似乎知道,这些文字不仅仅是被我当作文字书写,而是与生命合而为一。

庆幸的是,到场的听友似乎也都懂得。互动的时间里他们提出各种问题,大家随心畅谈,真诚真挚。一个传媒大学的孩子坐地铁大老远从东郊赶来,一个问题接一个问题地提问,在那一刻,也曾激发我的思绪与回想,仿佛让我看到许多年前激情澎湃的自己。然而谈及职业和理想,不得不说,我还是有所保留——他们是怀有梦想的孩子,未来的路还很漫长,还是让他们自己去体察和经历吧。另外还有朋友交流读书、生活乃至情感等方方面面的问题，都是真诚坦荡，由衷而发，因此轻松愉悦。活动结束，一位女士过来打招呼自我介绍，原来是我女儿同学的妈妈，虽没见过面，但朋友圈常有互动。她高兴地对我说："好久没有过这样纯净的感觉了。我原来也是中文系毕业的，可平时一直做保险业务，接触的都是另外一类人。谢谢你给我们带来如此美好的时光，我真的也该回归了。"而我，也深深地感谢她，感谢她跟随内心的指引，来赴这场彼岸之约。

节目结束，人们陆续离开。而这个下午，恍惚间让我想起陈丹青对毕加索画室一幅照片所做的描述：有烟雾，有阳光，有闲谈，有风雅……那是一种迷人的艺术氛围。此情此景，我亦忍不住在朋友圈发图分享："有诗歌，有音乐，有阳光，有向往——彼岸书店，于闲谈中度过一个愉快的下午。"

春暖花开，感谢这场"彼岸"之约。佛说：此岸即彼岸。此时此刻，让我们聆听内心的声音，珍惜"此时"的存在和拥有。

2016年3月19日，北京家中

12时间书房

商场里还有书店？在万柳华联商城导引牌上看到"12时间书房"的刹那，我的心中充满由衷的欢喜。想方设法找到，原来是家服装店，旁边立着一面书架，兼营图书。

我挑了一本三联书店出版的《难忘的书与人》，结账时跟店员聊天："你这儿卖书挺好的。"店员面带笑容。"一半服装一半图书？"她兴致也来了，微笑着对我说："过去是专业做书店的，做了四年。""怎么不做了？""书店不好活。"听到这儿，我心中掠过一丝黯然，但还是由衷地、轻轻地说出了心里话："可是也需要啊。"看着在进进出出挑选服装的人群中静静伫立的那一面书架，我仿佛读到了某种心情，"还有做书的情结是吧?"她说:"是!"话语深情而坚定。

店员将这本《难忘的书与人》装入一个印有"12时间书房"的雅致袋子,结完账,我离开了这家叫"书房"的服装店。

回眸望去,"书房"人来人往,多数人在店里琳琅满目的服装前驻足,光顾书架的人却是寥寥。这家店实质上已是服装店,而它的名字依然叫"书房","书房"依然是它的精神依托。那面书架,几被物质的世界蚕食殆尽,但仍然固执地立着。商业和心灵,物质和精神,在同一个空间里对望和彼此打量。在外在的现实空间里,无疑是商业战胜了心灵,物质战胜了精神,而于心灵层面,精神永远闪耀着光芒,那是看不见的财富,给予店主和如我一样爱书的人更为强大的内在支撑。

在网络的冲击下,实体书店的确度日如年,不时地听到实体店倒闭的消息,包括一些知名的书店品牌,实是令人惋惜。想想这么多年,在书店消磨了多少的静好时光啊,风入松、海淀图书城、第三极书局、中关村图书大厦、西单图书大厦,以及各地知名不知名的书店,沉浸其中,静心挑选或随心阅读,都是一种快乐,一种滋养。第三极书局离我家很近,我常常带女儿一起去。专门为儿童设的阅读区给了孩子们无限的便利,内设的咖啡座更是体贴舒适,与那份读书的心情十分吻合。而今天,风入松、第三极早已成为历史。第三极关门后的很长时间里,女儿都常常念叨,问它何时再开门,路过那座大楼,也总是拉着我去看看,那一刻,我内心总是充满了伤感。

海淀图书城，二十年前来北京起就是我消磨时间的好地方，那里的文化情怀是一种气息，一种支柱，一种依托，吸引着如我一样的爱书青年，给予他们精神的食粮。而前不久我去海淀图书城，意外地看到了一个大工地，很多门面被拆了，支起了脚手架，图书城也变了名字，变成了创业园。那么多的书店，只剩了最北头的中国书店。那一刻我陷入了沉思，不知道承载着金钱和欲望的现代想象要将文化挤到哪里去？于废墟中新开了一家书店，很有格调，与巷口仍在营业的中国书店遥遥相望，孤独中带着倔强，仿佛有着某种逆流而上的、殉道的意味。它和12时间书房是否有着相同的处境？

　　书店与读者，相依共存，机场、街巷，无论在哪里，只要路过书店，我都会情不自禁地进去，挑选自己喜爱的书买下，而不会为贪图一点便宜到网上去买，算是对实体店的一点支持和贡献吧。而我知道，实体店自身，也正于困境中探索着自己的生存之道。

　　12时间书房、中国书店，以及我去过没去过的、仍在存活的众多实体店，希望下次再来时，你们还在！

2014年12月30日，北京家中

闲读书与读闲书

林语堂在一篇文章里说过:"什么是读书的真艺术呢?简单的答案就是有那种心情的时候便拿起书来读。一个人读书必须出其自然,才能够彻底享受读书的乐趣。"而"有心情"和"出其自然"的阅读必须是闲下来的阅读。

喜欢读书的我,包里随时都会揣本书,闲暇的时候翻上几页,内心便会涌出许多的欢喜。

我的阅读常常不分时间地点场合——早上醒来,上班前的那会儿工夫,等女儿下课的间歇,出差旅行的舟车之上,麦当劳或咖啡馆里的片刻小憩,假日的空闲,都是我阅读的好时光。读书于我,仿佛就是一种内在本能的需要和生活的常态,已成为自我滋养的一种方式和感受生命花开的最自然最愉悦的途径。当怀着冲动抱起书本潜心阅读或陷入冥想的刹那,内心常会生出许多的欢喜,感受到源自生命深处的诗和音乐,继而对生活、对生命充满了由衷的感激与热爱。平静,欢愉,那是一种幸福的体验。

第三极书局倒闭之前,我常于周末带女儿去那里读书。无论是拿本书陪女儿在儿童阅览区浏览,还是结了账再去书局的咖啡馆,沏杯茶或冲杯咖啡静心阅读,都是闲闲散散的愉悦心情,不急不躁,一任时光流淌,是莫大的享受。遗憾的是,后来第三极书局在书业并不景气的现实里关门了。我偶尔也到附近的中关村图书大厦看书,图书大厦四楼的文学区有专门为读者准备的小板凳,常能看到嗜书的读者靠着大玻璃窗静坐于小板凳上悉心阅读,另外一些读者索性靠近书架席地而坐,一任阳光洒在身上、书上,那一刻的画面斯文、宁静而又安然。融入这亲切熟悉的氛围,我也常常从书架上挑出本书,自然而然地就看上了,一站一两个钟头,时间在不知不觉中就过去了。走出书店,依然是充实愉快的感觉。

女儿读小学时,周末常需去上画画课和合唱课,将她送到地方,我常常到附近的麦当劳或肯德基去等她,这个时间是我阅读的好时机。要一杯咖啡或柠檬茶,将事先准备好的书摊开,一泡就是两三个钟头,兴致来时还忍不住在朋友圈发条微信——"一箪食,一瓢饮,便是上好生活",分享那一刻的心情。

书籍给予我们的满足,有时真的非物质能比,当一个人内在丰盈的时候,便不会感到外在的匮乏和不满足。沉浸于书的世界,有时还会忘记吃饭,但内心却始终充盈着无声的快乐,愉悦的情绪在心中悄悄地蔓延,脸上、心上,便都带着微笑了……

有一天不太舒服,到三〇一医院挂号,号拿到手里,看着前面密密麻麻的人和医院脏乱的环境,我随即跑到对过五棵松体育场的大草坪前,坐在马路牙子上读书等候,竟也获得了意外美好的感受,我将它随手记在了纸片上:

本来是去看病,坐在三〇一对过的马路边,竟有点流连忘返了。手里捧着本书,有一搭没一搭地看着,不时抬眼,望着眼前的车流和缓缓走过的人影,刹那间感到莫名的享受。风不时地吹来,阳光在大杨树斑斑驳驳的枝叶间缓慢地移动着,我竟然迷恋上那一刻的光阴,久久不愿离开,一任思绪恣意地放纵、伸展。

所以,悠闲的时间其实无处不在。不管时代和生活的节奏如何加快,只要愿意,闲读书的时间还是时时可以找到的。

而理想的读书境界不仅仅是闲读书,还要读闲书。

一切的闲书都是无用之书,不为功利所用,只是顺乎自己的性情喜好,使自己获得无限的愉悦。孙郁先生在《文人的胡同》一书中说:"天底下无用的文章往往是最好读的。""闲人闲笔,真的会胜过伟岸状的宏文。"林语堂所说的读书"须与气质相合""必与气质相近",强调的也是书与自我性情的吻合和接近。在他看来，世上无人人必读之书，也没有一个人必读之书，读书就是顺乎性情的一件乐事。朱小棣在《闲书闲话》中谈及的人到中年读闲书，也是一种祛除外物，回归本心的自由、自如、自在境界。

读书如交友，是讲究缘分和气场的。受缘分和气场的感召，在琳琅满目的书籍面前，人们总会倾向于选择与自己"气质相合"的那一类，这跟是否名著、作者是否名人没有关系。"对的"书常常是与自己的性情相投、合自己口味的书，如此才能获得愉悦和美感。

我读的书都不是鸿篇大著，基本都是无用之书，也可以叫闲书。虽不是鸿篇大著，但都有浓郁的人文色彩。也许是性格的缘故，在这些闲书之中，我又独钟散文，自我的心灵与散文中的真实和真诚仿佛有着天然的呼应。在散文中我又偏爱文化、艺术随笔，像三联出版的《文房漫录》《旧时书坊》，丰子恺的《子恺谈艺》，汪曾祺的《文与画》，朱光潜的《谈美》，黄永玉的《沿着塞纳河到翡冷翠》，梵·高的《梵·高艺术书简》，冈仓天心的《茶之书》，赵珩的《老饕漫笔》等等，都是我偏爱的那一类。我说不出它们能给我的日常生活带来什么样的实际利益，对于工作、学习也没有立竿见影的帮助，但在捧读的刹那心中却会升起许多的愉悦和诗意，使人生笼罩在无限的美感里。

因为是闲书，就包含了许多自由的性质，可读可不读，喜欢就读不喜欢就不读，时机到了就读，时机不到就不读，不像考试用书或多或少隐含着强迫的、"不得不读"的意味，也不像公司推荐给员工的职场励志书，带着管理和教化的痕迹，而是自由自在，全然由心，让思想和灵魂自由放飞，使天性得到自然的舒展。人的生命只有在自由自在、悠闲自如的土壤中，才能长出蓬勃之势与欢喜之情。

　　文人撰写的书话、读书随笔也常以"闲"字命名，如朱小棣的《闲书闲话》、杨小洲的《快雪时晴闲看书》等等，从书名就看得出闲读书、读闲书的闲散意味。闲读书，读闲书，的确是读书的最高境界。

2015年2月1日，北京家中

阅读的契机

弟弟飞往乌鲁木齐援疆的当天,我在中关村图书大厦买下《梦里新疆不是客》,并发微信说:"在什么时间读什么书,就像在什么机缘遇见什么人。阅读需要契机。"

如果不是因为弟弟援疆,我可能不会萌生今年去新疆的想法;如果不萌生今年去新疆的想法,我可能就不会买下这本书。很多的事情,就是这么偶然,隐含着很多的机缘。过去读的很多书亦是如此。

读万卷书,行万里路,是人生两大乐事。旅行,常常带来读书的契机。第一次去台湾,对那里充满了好奇,去之前一下买来四本有关台湾的书做功课——《陆客台湾》《你不知道的台湾地·事·人》以及台湾人和内地人分别写的两本《行走台湾》，并已将在台的七日行程安排好。未踏上那片土地之前，阅读充满了虚幻感，等真的踏上那片土地，实际的台湾和书本上的台湾两相对比，又获得了许多新鲜的感受。那是一种乐趣。

从台湾回来，陆续又买来台湾人写的《十三座城市》《理想的下午》《给青年艺术家的信》《玄想》《这些人，那些事》《爱庐小品·生活》《爱庐小品·灵性》《爱庐小品·读书》，领略台湾的人文性情和文字里的空灵美好。

某个长夏的假期带女儿去内蒙古，畅游了呼伦贝尔、满洲里和阿尔山，草原的坦荡和开阔给了我许多的启示和感染，也给了我了解它的愿望和契机。某日于西单图书大厦偶遇特·官布扎布的《蒙古密码》，几乎没有想就买下了。而这本蒙古人写的《蒙古密码》也仿佛给了我开启蒙古历史和传奇的一把钥匙，赋予了大草原更多的想象和神奇，是一本难得的好书，读来是一种享受。

去年暑假带女儿去欧洲，去之前特意跑了趟书店，买来林达的《带一本书去巴黎》、扫舍的《灰屋顶的巴黎》和李黎的《威尼斯画记》，希望对我们即将去的地方有个大致的了解，从人文的角度、历史的角度，抑或从自然观光的角度，期望我们的旅程更丰满、更鲜活、更立体。实际的欧洲给了我震撼的印象。我爱文艺的佛罗伦萨，爱沧桑厚重的罗马，爱浪漫灵动的威尼斯，爱美到极致的瑞士自然风光。欧洲文明，让我陷入无边的思考。欧洲归来，我又买来罗曼·罗兰的《米开朗琪罗传》、英国人海伦·巴布斯的《我的花园、我的城市和我》；朋友在那时送来陈丹燕的《我要游过大海》，从旅行者的视角叙述爱尔兰的神秘往事和文化脉络，对我来说也是刚刚好。

工作的关系，曾经天南地北地飞来飞去，飞机上往返的三五个小时也给了我阅读的美好契机。每次我都靠窗而坐，一杯咖啡一本书，沉浸在书籍自由沉静的世界和眼前逍遥自在的时光里。去无锡的飞机上读完陈子善主编的《河》，去重庆的飞机上读完陈益民的《古风犹存》，去深圳的飞机上读完姜德明的《梦回北京》，去延安的飞机上读完叶曙明的《广州往事》，延安回北京的航班上读完杨小洲的《快雪时晴闲看书》，桂林到昆明的飞机上读完冈仓天心的《茶之书》……出行之时带的每一本书，都是契合每一次行程和彼时心情的最佳选择，读来或轻松愉悦，或沉思遐想，都是随心随性的美好。在北京、日照、青岛、济南等几个城市间穿行时，曾读完阿成等的《一个人和一座城市》，使得书、城与人恍惚间有了你中有我、我中有你的感觉；从故乡东明到济南、再到北京的动车上读完沈从文等的《故乡》，内心感到异常亲切和温暖。

生活乃至生命中还有许多阅读的契机，在恰当的时间、合适的心情下突然出现，不早也不晚。某日从工信部所在的万寿路二十七号院出来，被阳光照耀着，突然就有了一种想读书的冲动。想到自己的包里还揣着一本王盛弘的《十三座城市》，只差找到一个安心阅读的地方了。后来走进一家邮政储蓄银行坐下,在不停的叫号声中读完这本书,竟然有了一种"沾沾自喜的愉悦"。而书中纯净的小欢乐与彼时自己的心情又契合得如此完美,顿感人生美好无限。

一两年前的某一天,我对旧体诗词突发兴致,试着开始吟咏,遂从书店和网上先后买来《旧体诗入门》《随园诗话》《现代十家旧体诗精粹》《词学概说》《读词常识》《人间词话》等等,如饥似渴地阅读,试图从"平平仄仄仄仄平"的古韵律中得一点法,入一点门,将内心涌动的情感表达出来。在书柜里搁置了十七八年的一本《宋词三百首详注》也被我找了出来,无事之时出声朗读,感受字里行间古典的美感;禁不住试填一二的时候,它便成了我的工具书。但这本1995年出版的《宋词三百首详注》是本硬皮书,不便携带,后来在书店收银台的小书架上偶遇图珍本口袋书的一本《宋词》,这本小书就取而代之,成为我随时携带的工具书了。兴致来时,曾经对照试填《鹊桥仙》《踏莎行》《卜算子》《鹧鸪天》……诗词蹩脚,但心情愉悦。

还有很多个突然醒来的夜晚,捧起史铁生《宿命的写作》、查建英《80年代访谈录》、闾丘露薇《无"薇"不至》,那些个静心阅读的时刻,曾给我带来深深的享受和欢喜。记得那个醒来再也睡不着的夜晚,在淡淡的忧伤中翻开潘伯鹰的《冥行者独语》:"在静夜中,我最喜欢桌上的灯。只有此万籁俱寂之时，我才回复到真的我。"凌晨三点看到第一页的这样一行字，顿时感到了一丝平静与亲切。

有一日一个朋友提到《圣经》，我将书柜里很多年未动过的两本《圣经》找出来，打开看到的是《雅歌》中的这一页："我是沙仑的玫瑰花，是谷中的百合花……我的良人在男子中，如同苹果树在树林中。我欢欢喜喜坐在他的荫下，尝他果子的滋味，觉得甘甜。"美轮美奂，顷刻间我被击倒了。我合上《圣经》，不想看了，让这美好的记忆永留心间吧。而在重新打开《圣经》的刹那，扉页上的题字则让我回到了恍惚的从前，阅读的契机，亦带我与时光重逢，而远去的都已远去……

今天，新年的第一天，我在微信上发了《2014，阅读的瞬间》，分享过去一年阅读的几个美好片断：

——热爱，就是一种护持；欢喜，就是一种滋养。（《文房漫录》读后）

——旁若无人地感受自我内在的绚烂与微笑，是人生最为赏心的事。（《童心百说》读后）

——放逐了很久，我们还能找回人生的初相吗？一切的本真，都带着原始的粗糙与笨拙，在茶中，在人生的况味里。（《茶味的初相》读后）

——张炜说："文学通向信仰。"有些时候，或许文学真的是寂寞的，但同时又是坚实而沉着的，它不需要被热捧，却自有它的价值存在，因为那是关乎心灵的东西。而一切的飘

浮最终都要回归。（《回眸三叶》读后）

——读读文学，读读艺术，听老人聊聊天，是件快事。（《学艺微言》读后）

——人文是个大字眼，但人文就是散落在日常生活和文字记载里的一个个细节，貌似无形，但却泛在。（《人文琐屑》读后）

——时光拂去了尘埃，坚定地将人性中的美留下来，使得今日的我，于朗读中领略古人的曲调和情怀，体味古意之中某种未曾断绝的气息和活力。（《乐府诗选》读后）

——文学的火种在幽幽闪烁着，微弱，但不会熄灭——一时的黯淡是可能的……但终有一日，它还将辉煌——因为人们需要的不是文学，而是蕴含在文学之中的人性深处难以泯灭的光和美——那才是人类灵魂深处永久的召唤。（《说吧，从头说起》读后）

时光静好，岁月长存，有书为伴，心怀欢喜。让我们珍惜这生命中无数个阅读的契机，让我们悦纳生命的所有。

2015年1月1日，北京家中

在文字里相遇

去年 8 月去欧洲旅行之时曾买来扫舍的《灰屋顶的巴黎》，并写了一篇读书随笔发至博客。今天，忽然看到扫舍在我博客下面的留言："谢谢！"没想到作为作者的扫舍因着这篇文章来到我的博客，在某一个特定的时刻超越时空，与另一个城市里素不相识的我相遇。我也找到她的微博，看到扫舍原来是她的笔名，这个闲散又文艺的女子原是某公司的董事长，她微博的头像比书里的头像笑得更阳光更灿烂。

因着文字跨越时空的相遇，不止这一次。

几年前在首都机场偶遇杨小洲先生的《快雪时晴闲看书》，他"写在前面的话"给我留下了深刻印象："初作此类文章，缘于 2004 年 8 月底在京城得子，身边无人照抚，只有辞却香港文汇出版社之驻京职位，在家中料护雏婴，一些文字便是怀抱幼儿记于纸上，待其熟睡，再整理成篇。"扉页"献给我的母亲"也充满了人情味，扑面而来的生活气息和独特的温情瞬间感染了我，潜意识里我觉得这书是出自一女士之手。可谁知道有一天，杨小洲"女士"被我的读书随笔"吸引"过来，我才知道他原来是个大男人，从此我们认识了，成为微博和微信上的朋友，甚至在现实中还见过一面。现实中的他依然写书、带孩子，以写字换生活。虽然他是一个藏书的发烧友，听说他的家几被书籍占满，可以开图书馆了，但某种程度上可以察觉孩子还是占据了他更多的时间，不管多忙，他的第一要务都是接送孩子上下学。是的，一个作家，一个爱书的人，首先应是一个对生活、对亲人饱含感情的人。后来陆续看到他的新书出版，《牡丹诗帖》《抱婴集》《夜雨书窗》《玫瑰紫》等等，偶尔会买回来一两本。再后来看到他为写一本关于书店的书专门跑去了欧洲，遍览了欧洲的书店，很是佩服。做书，的确是需要有一点精神的。

某一日在东方出版中心，偶遇俞晓群先生的《人书情未了》，我被一个出版人深植于心的文化理想、文化使命感和文化情怀震撼了。也许是职业或性情相近的缘故，这份真诚迅速将我拉近并打动了我，自此一发不可收拾，后又陆续买来他的《前辈：从张元济到陈原》《这一代的书香》，在网上还不时读到他的专栏"可爱的文化人"等等,对他多了一些关注和了解,由衷地感佩于他的"书之爱,出版之爱,文化之爱"。我喜欢他端庄又不失诙谐的语言,喜欢他忧虑却不悲观的心态,喜欢他在那执着之中,有着一种文化人的单纯,读来亲切而愉悦。偶然的机缘,我们在微博和微信上互加了好友,我很开心地看到俞晓群先生热情洋溢地通过网络推介他领导下的海豚出版社的书,尤其是海豚的人文书,如他的人,很有格调,很合我口味。另一个偶然的机缘,我收到俞先生《那一张旧书单》的签名本,这是最令我高兴的事,我已拜读,并将珍藏,书中从一而终的文化情怀和担当,依然感染着我。

《流影海德园》的作者、现居海外的张泠,《我来晴好》的作者、嘉兴秀州书局的范笑我,《玲珑文抄》的作者、北京藏书人谢其章,《京味儿》的作者、北京某出版社的崔岱远,《名家笔下的老济南》的作者、济南学者刘书龙等也都曾通过我的读书随笔来到我的微博或博客,在某一个特定的时刻促成作者与读者之间近距离的沟通,结下片刻因缘。作为山东同乡,刘书龙先生后来更是给我寄来他编的关于历下文化的一套书,其严谨的治学作风让我钦佩不已。这些朋友都是因书结缘,他们中虽多数都未曾谋面,但似乎又有着某种莫名的熟悉。隔着时空,这是多么美妙的一件事啊。

正如我在自己去年出版的一套读书随笔的后记里所写:"以书籍为载体的邂逅或是最为神奇、最为美妙的邂逅。感谢冥冥之中这神秘的机缘,让我们穿越时空,在文字里相遇。"生活中因书结缘的事情的确时有发生。

这套读书随笔出版后不久,我就收到福建惠安张家鸿先生的来信。他说无意中在网上看到我的书,先买了《书与人》《书与生活》两本,后买了《书与城》《书与艺术》两本,希望寄回让我签名。待书寄过来,在翻开的刹那我就被感动了。我看到他不但在书的扉页记下自己买书的时间地点、读完的时间地点,还在书中的很多句子和段落下画了线,四本书已被他"精读"过了,可见这是一个十足的爱书之人啊!之后我关注了他的博客,发现他读的书多数是我喜欢的那一类,而他读书的数量和速度都令人吃惊,博客弥漫着书香气。偶尔他也会到我的博客上交流,前不久读完三联书店"闲趣坊"系列的《抚摸北京》,我就是听取他的建议,又从网上买来了同一系列的《感怀上海》。书到了,还没来得及读,想必不错。

另有浙江教育系统"一个喜欢读书的人"王先生则称他喜欢我书中的插画,问能否"收藏"一幅。这让我十分惭愧,因为彼时我学画不到半年,在书中配点自己涂鸦的国画小品只是作为点缀,却被王先生赞为"清新质朴,大气而又有意境"。感谢他的欣赏和美评,我自知自己的画确实还不够收藏的水准,又不想拂他的美意,就在王先生提到的几幅画中选了一幅送给了他,别作"收藏",权当纪念吧。

最让我感动的还是博客上的老朋友可人四季。我的书出版后不久，他就给我发"纸条"说，四本他都买了，算是对我的支持。这当然是最有力的支持，而且他也是一个真的爱书人，收到书后一边读一边与我分享心得，说："没想到那些画作印得好精致，很是让人喜爱。慢慢看慢慢品，感觉很好。""你是个有着特殊坚守的人，尤其是读书上的坚持，将自己真正的喜爱写下来的坚持，都是生命里的美好呀。读书，写字，作画，都可以让心灵宁静下来。心灵能够宁静下来的女人才是最美丽的。"虽然过奖，但博客上"神交"了多年，自然亦是懂得。

他告诉我，我书中提到的《北京读本》《江南读本》《南京人》《理想的下午》《四十自述》《行走台湾》《陆客台湾》《我的精神家园》《病隙碎笔》《办公室》《沈从文散文》《无目的美好生活》《泰戈尔散文选》《哈罗，上海》《男人和女人、女人和城市》等书他也读过，这于无形中又多了一层交流的快乐。在读完了《书与城》和《书与艺术》之后，他说："有些文章已经在博客上读过了，再读就有一种亲切感，两本书中都提到了四季，就更感觉到甜美。"逐字逐句读过之后，他还将里面的编校差错挑出来，自称是做我的义务校对。感谢他的这份认真和诚恳，我将差错一一记了下来，以备再版时更正。看我在书中写到夜来香、小大红，对植物颇有研究的他提了很好的建议，说"要多识鸟兽草木之状"，草木萌长，花开花落，实际上会有着广阔的指代，那是代表着时光的流逝、岁月的走过。在文字里多写一些草木，就会多出来一些丰富的色彩，增加一些文字的厚度。

再后来,四季还不时地从各地给我带来关于书的消息:"前天在郑州的三联书店,发现了你的书在摆卖,眼睛一亮,拍下了照片,还拿了其中一本问总台小姐,她说卖得挺好的。最后我还是忍不住说:那是我朋友出的书。"在广州红砖厂书店看到我的书,他说又问了卖书的女孩,女孩也说售得还是挺好的。

谢谢四季,谢谢这特别而温暖的关注。谢谢生命中因书结缘的所有的朋友和那些温馨美好的时光,由衷地感谢,"感谢冥冥之中这神秘的机缘,让我们穿越时空,在文字里相遇"。

2015年1月5日,北京

书房

看到一篇文章中写书房:"自古书房若闺房,不足为外人道。从某种意义而言,这是个比卧室还要暴露自我的地方,放眼望去都是你的品味,抬手一摸都是你的心头好。你是什么样的人,信仰什么又热衷什么,半个灵魂都泄露在你的书架上。"说得很好。

我没有书房,我的书都在卧室及阳台的书架上,这里就权当是我的书房吧。卧室和阳台各有一个书架,密密麻麻摆满了书,虽然每隔一段时间我就会将一些自认为价值不大的书清理出去,但两个书架依然不够。窗户下面、阳台朝外的整面墙又被老公改成了书架,虽然简陋,却也别出心裁,温馨美好,给我带来了许多欢喜。进入卧室，看到这个落地的长书架和码放整齐的书，内心顿感安然、宁静而又温暖。

我喜欢被书环绕的感觉，看着那些书，会凭空生出许多的愉悦。

而书房，的确是一个"自我"和"自在"的地方，自己的书架上只摆自己喜欢的书，自己的喜好、自己的心性、自己的内在倾向全部在此，任性，但真实。

我的书架上只有清一色的散文。也许是心性相近的缘故，在所有的文学样式里，我独钟散文。我喜欢散文里的那份真诚和真气，喜欢散文里的那份随性和随意，喜欢散文里的那份质朴和本真———一切本真的东西跟我都是接近的。不知为什么，小说于我始终有一种隔阂感，这种屏障来自小说的"虚构"吗？来自小说的不真实感吗？不得而知。但我总觉得它与"真"像是隔了一层，我始终无法像读散文一样在小说里自由徜徉，领略文学的另一种境界。不过也罢，读书对我本来就不是一种功利的行为，只是闲暇时的"无用"之事，于自然的选择之中拥有自己的一点自由和乐趣是幸福的。

散文之中，又有我钟爱的那一类。我偏爱充满人文、文化气息的散文，以出版社论，三联、海豚、山东画报、新星、中华书局、广西师大等都是我的所爱。

三联的书买的最多，不是刻意，而是巧合，许是心性使然。而在我的心中，它确为一面不倒的文化旗帜和文化品牌，有分量有品位有内涵。我书架上摆着的，《梦回北京》《北京记忆与记忆北京》《京味儿》《京味儿十足》《老饕漫笔》《人文琐屑》《学艺微言》《书情画意》《茶人茶话》《我们仨》《80年代访谈录》《禁锢在德黑兰的洛丽塔》《在柏林走路》《带一本书去巴黎》《行走台湾》《给青年艺术家的信》《必要的静默》《回家真好》等等很多都是三联的书，有意无意中被我从各个地方选来。三联的"闲趣坊"系列我也已买了很多本，像《文房漫录》《旧时书坊》《抚摸北京》《感怀上海》等等，很合口味。在这个文化出版行业并非十分景气的时代，做书，是需要一点精神和信仰的。在实体书店举步维艰的背景下，三联逆流而上，曾于去年固执地推出二十四小时营业的书店，这像是给城市点亮了一盏文化的明灯，照亮了未来，也照亮了人们的精神和心灵。三联，值得尊敬。

　　海豚的书，不仅有着执着的文化担当，于出版业倍受冲击的逆势之中同样作着不懈的坚守，在追求大手笔、致力于接续传统的同时，还不断发掘新题材新作者，传承历史，接续未来，每有新的创意和表现。我相信这一切都源于他的掌门人俞晓群先生深植于心的"书之爱，出版之爱，文化之爱"。对于海豚的关注，其实是始于对俞晓群先生的关注，他的《人书情未了》《前辈：从张元济到陈原》《这一代的书香》《那一张旧书单》均给我留下了深深的好感，继而我开始了解和信任海豚。我的书架上虽无海豚的"幼童文库""民国童书系列"，却有《记得青山那一边》《觉有情》《行旅花木》《域外集》等,同时还在随时关注着它的信息。

山东画报出版社以一贯的人文风格和图文并茂、以图取胜的独特格调,为齐鲁大地乃至中华民族的文脉传承做着贡献,他们的书不仅令我耳目一新,还常常带给我一种来自山东老家的亲切感。汪曾祺系列的《文与画》《谈师友》《五味》《人间草木》等给我留下了美好印象,淡泊的心性,平和的语言,配以雅致随性的文人画,读来不仅赏心,而且悦目。另有《素描》《玲珑文抄》《谈文说画》《多余的素材》《不寄的信》《旅行笔记》等,都不同程度地彰显着浓郁的文化色彩。

新星的书围绕人文的格调,亦有其独特的性格和追求,于纷繁复杂的文化乱象和商业追逐之中,看得出有自己独立的思想、判断和选择,保持了温暖洁净的一贯风格。《梵·高艺术书简》是我看过关于梵·高的最好文本,其翻译几将梵·高译到了极致,那是一种心灵相通的感觉,是内心深处的感应与共鸣,读来更是美的享受。此书以最大的可能还原了梵·高,让人们了解到"不幸""可怜"之外,那个更加真实立体、更加丰富美好、心底流淌着诗和音乐的幸福的梵·高,那是他的《向日葵》展示给我们的梵·高,亦是我心里的梵·高。这本书给了我太多的感悟,以至于读完之后,我分六个章节记下了一万六千字的读书随笔。而类似的好书还有不少,那是新星的格调。

中华书局的书我也买了不少,《书边梦忆》《药窗杂谈》《悔晚斋臆语》《诗经》《词学概说》《快雪时晴闲看书》《中国游记》《京范儿》等等。作为一个老品牌,中华书局的书扎实厚重,书香味很浓。吴藕汀的《药窗杂谈》很有见地:一个具有独到的艺术见解、宽阔的艺术视野、坚定的艺术自信,做着不懈艺术坚守与尝试但却无欲无求的老人,以独立之思想、人格,发表独立之观点,心胸坦荡,率性而为,朴素平实,诚实恳切,给予我很多启迪和感染。

另有上海书店、广西师范大学等出版社的散文,无意中也曾买来一些,那是某一些时刻心性的相合和机缘的力量。

若以内容分类,我钟情的散文大致有四类:书话、行旅、生活和艺术。而读过的那些书,多数都还在我的书架上静静地摆放着,某日想起,偶会重温。那是一种滋养,一种浸润,常常于无声处生出喜悦。

人们对于文学样式的热衷或许也是会随年龄变化的。早年在读大学的时候不是也曾一度迷恋诗歌吗?读诗写诗,五迷三道,后来随时光流转,虽仍有诗心,但昔日的诗情显然已经不在。人生是个顺其自然的过程,当它来了,就让它来,当它走了,就让它走。

今天,我对散文的钟情还在继续。散文,发乎性情,天马行空,流动而发散,但表面的散淡之中,又仿佛始终被一条线牵引着,即使变幻出千万种情状,亦万变不离其宗。在我的潜意识里，生命亦如散文，形散而神不散，无论活出多少种姿态，仍会保有自身不变的内核——那是一个人成为他自己的、无可更改的特质。生命中分明有着一条线索、一条脉络，贯穿生命的始终，让我们清晰地知道、清晰地看到自己从哪里来，到哪里去。我们只需顺应它的走势，自在从容，平和欢喜，活出最自然、最优美的形状，去到最明亮、最温暖的地方。

而此时我要感谢这简陋的"书房"，给我带来这许多愉快的联想。

2015年1月7日，北京

如何才能不"隔膜"?

在纸老虎书店,看见一本《叔本华静心课》,想翻开看看,但那书和其他很多书一样,被一层塑料薄膜封着。正要拆开,一店员过来,说不能拆。我问:"不能拆怎么看啊?"店员一脸不屑:"新书,不能拆。""那有拆开的样书可以看吗?""没有。"

这情况,我遇到过很多次。这次是在世纪金源五层的纸老虎书店,而一周前,是在首都机场和成都的书店;两周前在北京南站,几个月前在北京国际书展,我都遇到过这种情况。因为一层薄膜,我愣是无法翻开一本书,真是有种说不出的费解和郁闷。

实在忍不住,我在朋友圈发了一条信息:"这书,请不要再塑封——遇到不是一回两回了,书是干净漂亮上档次了,但不让拆不让看,我该怎么买?哪位出版界的大咖大佬能解释一下,这样塑封到底有什么好?"我还提醒了出版界三位老师看这条信息,真想让他们知道,他们精心包装的这层膜实际带来了很多不便。

信息一发出去,一位热爱读书的前辈评论说:"不读书的喜欢,如月饼包装。"另一位年轻的朋友留言:"好处是提醒读者:BMW(别摸我)。"上海的一个朋友一赌气,江湖脾气都出来了:"靠,就是买衣服不给试穿啊,老娘不买了!"我回复他们:"太雅了!很多地方很多次都不让我拆啊。不看,只靠想象,绝不能买。"

我这话是由衷的。汉宝德先生在《给青年建筑师的信》中曾强调"雅以脱俗,俗以近雅",我比较同意。不脱离生活、不脱离大众的"雅"或许才是真雅,才更能为人们所接近、了解和接受。我不反对市场上的书籍越做越豪华、越精美、越雅致,赏心悦目,谁都喜欢。原本十几块二十块的《谈美》《人间词话》《悔晚斋臆语》,加个硬皮就变成三十五十了,而市场上的精装书越来越多,价格也翻了番。读者有购买力,愿意购买固然无可厚非,但是,不要舍本逐末,丧失了本心,让外在附加的东西影响了原本的初衷和本质的追求。就像据说有医院将所收病号数当成"任务"去定额,完不成就扣钱,这就是本末倒置，背离了本心。对于普通读者来说，书是用来读的，包装得如何，终归不是根本，关键还是得看内容和品质。而面对自己想看的书，我却生生地被"隔"在了这层塑料薄膜的外面。朋友打趣说："这就是所谓的'隔膜'。"他的概括很贴切，这不就是"隔膜"吗？读者与作者之间的隔膜，读者与书店之间的隔膜，读者与出版社之间的隔膜，都是因为这层膜啊！

在书店，有时看到这层膜，心里多少都有些犯怵。开明的书店让拆，或者旁边有本已拆好的样书；不开明的，宁肯放在那儿观赏，也不让读者翻阅。记得有好几次在书店和书展，看到塑封好的书整整齐齐地摆在书架上，就是不让拆。实在很想拆开看某本书的时候，只有跟人家磨，说好话，讲道理，好说歹说勉强同意拆开了，还跟欠人家似的，要是拆开看完感觉不太好，不买的话，自己都觉得心亏、对不起人家。

为什么会这样？没有这层膜的时候就没有这些麻烦啊。这时一位做出版的朋友发言了："不塑封，书本在运输发送过程中磨损，划花了读者不买怎么办？读者只考虑自己。"我回复说："没有说服我。"他又评论："出版社塑封是要花成本的，读者考虑过吗，封面磨损卖不掉，书店是要退货给出版社的。"还说，"不用说服你，因为出版社不会听你的吆喝就给自己添麻烦。"我也没有客气："你们当然可以很自大！"我仅是一个读者而已，出版社不听读者吆喝，书店也不听读者吆喝，那他们到底想要走向哪里？塑封花成本是必然的，可花着成本找麻烦，是否真的有此必要？我对他说，至于卖掉卖不掉的问题，那就不是读者应该考虑的了，读者只考虑这本书怎么能打开翻一翻，看看内容好不好，"你还不如说读者应该考虑出版社如何不关门呢"。我提出一个令人费解的问题："你能告诉我他们不用看内容就买书，是怎么买的吗？"他没有回答，恐怕也很难回答。当今，实体书店的经营举步维艰，出版社的境况也面临挑战，出版社、书店若不考虑读者诉求，面对读者的反映和提醒，站在对立面另有一套说辞，恐怕未来就真是雪上加霜了。如果这样，那就真不如在网上买书了。

这时恰有一位朋友留言说："上当当网购买，有书的介绍和顾客评价可以借鉴。"我是一个喜欢买书的人，网上和实体店我都进。当今网上购书确实有很多便利，当然也有缺点，那就是没法翻开看，有时也会"走眼"买错，所以见到书店通常我也都会进，书店里遇到合适的就直接买了。书店的优势，正是在于当场翻看，如果在店面里无法翻书，自然也就无任何优势可言了——别忘了，网上至少还有目录、简介、试读，价格便宜还送货上门。

在纸老虎书店的书架前继续浏览，看到架子上的书百分之七八十都带着塑封，想翻翻，却因为那层膜而没法翻，顿时失去了继续逛下去的欲望。算了，让他们留着"观赏"吧，反正暂时我还有书读，出门时包里备着三本呢，于是走出了书店。

如今书店里的书，包上塑料薄膜的越来越多，没想到拆还是不拆，在某些时候竟然成了一个问题。出版社包上这层膜的初衷也许是好的，怕书在运输过程中弄脏了等等，但实际却带来很多麻烦，在我个人看来，于人于己都不利——读者无法看书，书店影响销售（或许他们并不自知），将读者与作者、出版社隔离开来，出版社为此还要增加成本，那么这层膜加得是否有些多余呢？书不让看，那么书是干什么用的？做书的目的是什么？希望做书的人、卖书的人都不要忘了初衷。

很多东西，当它丧失了内在根本的时候，往往就开始向外求索，关注外部，用外在的东西来弥补内在的空虚。人也一样，一个内在丰盈、充实的人往往不会花太多的时间和精力在外表的修饰上，也不会过于追求和在意外在的东西；而一个过分在意外在修饰和身外之物的人，内心反而常常是空虚无聊的。如今的书越做越复杂、越高档、越精美、越时尚，本也无可厚非，但千万不要在书的外饰和附加在书上的东西越来越多的时候，书的内容却越做越"水"，读书的人却越来越少了啊。

也许是我多虑，还是回到当下这层膜的问题吧。当然，也不是所有的书店都不让拆这层膜，真正做书、做书店的还得是文化人。在拆膜的问题上，给我留下最儒雅印象的还是三联。有一次在北京国际书展三联的摊位上看到一本塑封的书，我问可以拆吗，一位戴眼镜的工作人员，脸上带着读书人惯有的温和笑容对我说："当然，书就是用来看的。"说着，他还帮我将包着的那层膜给拆开,让我内心顿时产生了一丝温暖与好感。文化人,就得有文化,不要让一层膜拉开人与文化的距离。

站在书架前,如何才能不"隔膜"?

2015年10月5日,北京世纪金源一层室外咖啡座

文学的方式

在北京作家协会的新会员见面会上,王升山副主席谈到对于北京作协工作人员的要求,要求他们在会员申请入会之时必须与申请者本人见面。同时他也对申请者提出,希望他们能来和工作人员聊一聊,获得一些亲身感受。这让我回想起最初与北京作协接触的愉快场景,那美好的第一印象一直保留到今天。

那是去年年初,我冒昧地将电话打到北京作协,是一位姓李的先生接的。我在电话里询问了很多有关入会的事情,他都做了耐心的解答,并问了我一些个人情况,给予我一些有益的建议,不急不躁,周详周到,像邻家大哥或自家兄弟,给人一种扑面的亲切感。后来几次去电话，也都如此。由于离年末的交表、评定还早，他建议我年底再来，但强调一定要过来，网上没有表格，领表时先要见面聊一聊，这是必不可少的一环……挂了电话，我的好感有增无减——我喜欢这种方式，我觉得这是文学的方式，文学是要感觉、要感知的。

  年底，按照李老师建议的日子，我带着自己的作品来到他位于和平门的北京作协办公室，那时才知道这位李老师原来是北京作协副秘书长李智明先生。但和电话里以及想象中的他一样，面带笑容的李老师亲切、和善，有着说不出的朴实和热情，见面的刹那完全没有陌生或局促感。阳光从窗子斜射进来，这间位于七层的不大的办公室顿时显得异常温馨。我们坐下来，竟然海阔天空地聊了半个下午，从文学到人生，从作家到作品，从写作的动机、起因到对文学的理解，漫无边际，但坦诚率真，愉快愉悦——这里我也不得不再矫情一次：我觉得那是文学的氛围，是久违了的一种氛围。恍惚间让我想起20世纪30年代摄于毕加索画室的一幅照片和其中抽烟闲聊的人，以及陈丹青在选用该照片时题于下面的一行文字：阳光，烟雾，闲在，风雅……那是艺术的氛围，也是文学的氛围。继而我想起，徐志摩留英两年，说他在康桥忙的是散步，划船，骑自行车，抽烟，闲谈，吃五点钟茶、牛油饼，看闲书；周作人初到济南，在喝茶的瞬间享受不完全现世里的"一点美与和谐"，体验"长闲的风趣"……那也都是文学的氛围和方式。文学必须轻松地消磨，柔软地感知。

在我们经历过的 20 世纪 80 年代，就曾经弥漫着这样的氛围。大家激情澎湃地办报纸、建文学社，传阅自己手抄的文章和作品集，分享刚刚写下来的诗歌，脸上和眼中洋溢着青春的光芒，内心感知的是由衷的幸福和喜悦。彼时上中学的我，还曾在班里办了一张手抄报，因逢周日出版而取名《星期日》，发表自己和同学们创作的诗歌和小品。读大学时，受北岛、顾城、舒婷等朦胧诗人以及浓厚文学氛围的熏染，我又一度迷恋上诗歌，从头脑中接连迸发的、带有灵性的句子被记在一张张的小纸片上，于合适的契机里，和热爱诗歌的同学好友一起诵读、分享，陶醉在无限美好的光阴里。至今依然保存完好的诗集，常常将我带入温暖的回忆。

然而那样的时代，似乎一去不返了。

新会员见面会上，提及文学，王升山副主席以半开玩笑的方式提醒大家：在公共场合，不一定非得谈论文学，人家会说"这人怎么这么各色"。是啊，今天的社会，显然已经没有那样的氛围和气场。人们忙着谈生意挣钱，忙着名利和交际，无暇顾及"无用的"文学；即使是在最容易滋生文学和浪漫的大学校园，文学似乎也在萎缩。北大中文系教授陈平原先生曾在《大学小言》一书中呼吁，文学院的"诗意人生"在面对商学院的"金钱至上"和"趾高气扬"时不要退却，要发出自己的声音。他说："所谓'大学'，除了传播各种专业知识，还要有诗歌，有美文，有激情，有梦想，有充满想象力的文学创作与艺术鉴赏，那才是完整意义上的大学生活。""因痴迷诗歌而获得敏感的心灵、浪漫的气质、好奇心与想象力、探索语言的精妙、叩问人生的奥秘……所有这些体验，都值得大学生们珍惜。"走进书店，文学的书籍也正被铺天盖地的商务书、管理书、实用书遮挡，被挤在日益缩小的角落里。而那个角落，依然是我最爱的角落。甚至有一段时间，还曾有过"文学会不会死"的讨论——事实上那是不用去讨论的——只要人类对光、对爱、对真善美的追求、期待和信仰不死，文学作为承载它的一个载体就永不会消亡。文学没落的时代，那些凑热闹的人都走了，然而真心热爱的依然还在，一个也没有离开，留下来的我们，要抱持坚定的信心。就像文学的方式还保有在我们心里，保有在北京作协的办事流程和工作人员的言谈之间。这种方式，也许"各色"，也许"落后"——尤其是在网络高度发达的今天，但在我眼里，却依然是迷人的。相比于"大作协"的中国作协，这个"小作协"似乎感觉更为感性和温暖——也许是体量太大、会员太多而且分散的原因，之前加入的中国作协，除了递交网上下载的表格，尚未有过更多交流，新会员彼此更是互不相识。客观原因虽能理解，但似乎还是感觉缺少了点什么。那缺少了的，是文学的方式吗？

所以，轮到我作自我介绍时，我特别提到了北京作协给我留下的美好印象——温馨，温暖，这感觉为加入作协的过程平添了一份美感。会后，一同加入协会的刘维嘉撰写随笔，记录、纪念这个让他"终生难忘的日子"。是的，让我们以文学的方式，一同记取。

2016年3月28日，北京家中

图书在版编目（CIP）数据

纸上情怀 / 陈艳敏著 . — 济南：山东文艺出版社，2017.5
ISBN 978-7-5329-5449-0

Ⅰ.①纸… Ⅱ.①陈… Ⅲ.①散文评论—世界—现代
Ⅳ.① I106.6

中国版本图书馆 CIP 数据核字（2017）第 037304 号

纸上情怀

陈艳敏　著

主管部门	山东出版传媒股份有限公司
出版发行	山东文艺出版社
社　　址	山东省济南市英雄山路 189 号
邮　　编	250002
网　　址	www.sdwypress.com
读者服务	0531-82098776（总编室）
	0531-82098775（市场营销部）
电子邮箱	sdwy@sdpress.com.cn
印　　刷	山东德州新华印务有限责任公司
开　　本	880 毫米 ×1230 毫米 1/32
印　　张	7.5
字　　数	160 千
版　　次	2017 年 5 月第 1 版
印　　次	2017 年 5 月第 1 次印刷
书　　号	ISBN 978-7-5329-5449-0
定　　价	26.00 元

版权专有，侵权必究。如有图书质量问题，请与出版社联系调换。